가장 훌륭한 시는 아직 쓰여지지 않았다.
가장 아름다운 노래는 아직 불려지지 않았다.
최고의 날들은 아직 살지 않은 날들.

· 나짐 히크메트 ·

이야기가 시작되는 곳

이제 당신 차례입니다

이야기가 시작되는 곳

이제 당신 차례입니다

윤슬 에세이

담다

모든 이야기의 시작

저는 경험주의자이기를 자처합니다. 삶, 배움, 나다움, 자유로움에 관한 것이라면 작은 에피소드 하나라도 차곡차곡 쌓는 일에 마음이 갑니다. 지금의 저를 설명하는 거의 모든 것이 그러한 경험과 에피소드에서 왔다고 해도 과언이 아닙니다. 그래서일까요. 사실 이번 책의 제목은 잠정적으로 결정한 상태였습니다. '경험의 재발견' 또는 '에피소드의 재발견'이라고 말이죠.

"열 권이 넘는 책을 쓰고도 아직도 쓸 거리가 있어요?"

한 번씩 이런 질문을 받을 때마다 저는 "네, 아직도 쓸 게 있네요. 아니 쓸 게 생긴답니다. 날마다 조금씩 다른 상황, 다른 감정, 다른 생각을 경험하거든요. 거기에다 이렇게 해 보면 어떨까

하고 다양하게 시도하는 것도 있고요"라고 말합니다. 보기에 고만고만하고 거기서 거기 같은데, 생각이나 감정이 조금씩 지각 변동을 일으키면서 자리를 이동하는 느낌입니다.

제목을 결정하는 과정도 비슷했습니다. 처음 생각과는 다른 방향에서 결정되었습니다. 경험 또는 에피소드를 핵심 키워드로 삼아 대화를 이어가고 싶었는데, 궁극적으로 제가 나누고 싶은 것은 '이야기'라는 것을 알게 되었습니다. 괜찮은 삶에 관한 이야기를 공유하고 싶었는데, 결과적으로 괜찮은 삶과 괜찮지 않은 삶이 따로 있지 않다는 사실을 발견한 것입니다.

자기를 사랑하는 모습에는 귀천이 없고, 자기 삶에 숨겨진 진짜 표정을 궁금해하는 마음에는 우위가 없었습니다. 그러니까 모든 곳에 이야기가 있고, 모든 이야기에 삶이 있었습니다. 그 깨달음이 이번 책의 제목이 되었습니다.

새로운 페이지를 펼치며

모든 삶에는 '사랑'이 있습니다. 가족 간의 사랑, 연인 간의 사랑, 부부간의 사랑, 사제 간의 사랑까지. 하지만 그보다 더 중요한, 먼저 해야 할 사랑이 있습니다. 바로 '자신을 사랑하는 것'입니다. 나를 사랑하고, 내 삶을 사랑하는 것이 가장 먼저 해야 할 일입니다.

아무것도 이룩한 게 없다고 벌벌 떨 것이 아니라, 스스로 만족할 만한 성과를 내기 위해 분주하게 움직이는 과정(저는 이 과정을 경험 또는 에피소드라 정의했습니다)을 지지하고 격려해야 합니다. 모든 순간을 '진심으로 살아 내고 있는 나'에게 사랑하는 마음으로 '그래 봤자 거기서 거기지'가 아니라 '지금 새로운 이야기가 시작되고 있어'라고 말해주어야 합니다. 언제든지 새로운 페이지를 시작할 힘을 가진 존재라고 응원해 주어야 합니다.

『이야기가 시작되는 곳』 1부에는 그런 바람을 담았습니다.

조심스럽게 돌다리를 두드리면서 건너오는 동안 눈에 들어왔던 것, 절대 변화가 생기지 않으리라 믿었던 것들 사이로 보이는 틈, 명쾌하게 정리된 것은 아니지만 감각을 회복할 수 있게 도와준 과정을 담담하게 풀어 보았습니다.

불안을 동력 삼아 지나온 이야기부터 열등감을
인정하기로 마음먹은 어느 오후까지 조금씩 제
가 좋아지기 시작한 과정을 옮겨 보았습니다.

가장 훌륭한 이야기는
아직 쓰여지지 않았다

2부에서는 제 삶의 서사를 이루는 핵심을 다루
었습니다. 가장 정성을 쏟는, 제 이야기의 시작
과 마무리에 서 있는 것을 다루었습니다. 누구
든지 한 가지에 대해서는 '진심'이라고 생각합
니다. 서사가 되었든, 배움이 되었든, 성장이 되
었든 정성을 쏟는 게 있을 것입니다.

저에게는 그 한 가지가 '글쓰기'입니다.

사람마다 잘사는 것에 대한 기준도 다르고 방식도 다릅니다. 때로는 넘어지고, 밤새 울음을 삼키기도 하고, 허리가 꺾이도록 웃기도 하고, 갑자기 삶 속에 신이 들어온 것은 아닐까 하는 호기심이 생겨날 때도 있습니다. 이 순간에 숨겨진 삶의 진짜 표정이 무엇일까 궁금해집니다.

저도 그랬습니다. 하지만 숨겨진 뒷모습을 알아내는 일은 쉽지 않았습니다. 차라리 제 마음대로 해석하고, 정의 내리고, 단정적으로 말하는 게 훨씬 쉬웠습니다. 그러다 보니 그게 버릇이라면 버릇, 습관이라면 습관이 되었습니다. 더 이상 이대로는 안 될 것 같다는 위기감이 저를 데려간 곳이 '일기'였고, 그때부터 시작된 '쓰기'가 지금까지 이어지고 있습니다.

2부에서 바로 그 '쓰기'에 관한 이야기를 담았습니다. 제가 그랬던 것처럼 멋지지 않은 버릇을 고쳐 보겠다고 하얀 종이를 마주한 분을 포함해 삶, 배움, 나다움, 혹은 자유로움을 표현하는 도구로 오늘도 새벽부터 자판을 두드리는 분을 위한 페이지입니다.

마음대로 해석하고 정의 내리는 것을 뛰어넘는 일에 보탬이 되기를 소망해 봅니다. 약간 섬세해지고, 날카로워지는 글을 완성하는 데 쓰임이 생긴다면 더없는 기쁨이 될 것 같습니다.

날마다 새로운 종이를 펼쳐 새로운 이야기를 써 내려간다는 마음으로 아침을 시작합니다. 제 감정을 정리하고 생각을 들여다보면서 선(善)한 것을 바라보고자 노력합니다. 순식간에 좋아지지 않는다고 아쉬워하기보다 날마다 조금씩 밝아지는 길을 향하고 있다고 믿으면서, 모든 것이 우주가 저에게 보내는 신호라고 상상하면서 말입니다.

만약 지금의 제가 10년 전, 5년 전보다 더 나은 모습이라면 이런 노력을 포기하지 않은 것이 가장 큰 이유라고 생각합니다. 그래서 "가장 훌륭한 시는 아직 쓰여지지 않았다"라는 나짐 히크메트의 표현을 빌려 감히 제안해 봅니다.

가장 훌륭한 이야기는 아직 쓰여지지 않았으니

지금 가장 훌륭한 이야기를

시작해 보지 않겠느냐고.

2024년 2월
기록 디자이너 윤슬

목차

2부 | 글쓰기에 진심입니다

1부

조금씩 좋아졌습니다

오늘은
걸음으로 기억하겠지만,
내일은
길로 기억될 것입니다.

•기록디자이너 윤슬•

우선,
저기까지만 가 보려고요

"열심히 노력하는데 늘 마음이 불안해요"
"지금 하는 노력이 정말 나중에 도움이 될까요?"

두 아이를 키우는 엄마, 작가, 출판사 대표. 대단한 성과는 아니지만 나름의 영토를 만들어 가는 모습에 그녀들이 어렵게 속마음을 털어놓았습니다. 부족한 시간을 쪼개어 읽고, 쓰고, 배우는 데 힘쓰고 있지만 도통 앞이 보이지 않는 터널을 걷는 기분이라고 얘기하는 그 모습이 낯설지 않았습니다. 왜냐하면, 저도 그 길을 걸어왔기 때문입니다.

불안과 두려움을 이겨 내는 일은 쉽지 않았습니다. 마흔 초반까지도 그녀들의 질문은 곧 저의 질문이었습니다. 어떤 날에는 뭔가 길이 보이는 것 같다가, 어느 날에는 망망대해에 홀로 떠 있는 느낌이었습니다. 물론 아직도 완벽한 인과관계를 밝혀내지는 못했습니다. 하지만 하나의 경계가 만들어진 것은 분명해 보입니다. 적어도 불안이 불안을 만들어 내는 일은 하지 않게 되었습니다. 쓸데없이 찾아드는 의심을 구분하고, 언급할 필요가 없는 것에는 과감해진 편입니다.

하지만 그렇다고 해도 조금만 방심하면 어느새 몸이 불안을 향해 돌아가기에, 그런 순간을 위한 마법의 주문을 하나 준비해 두었습니다.

"일단 저기까지만 가 보자. 저기 가서 결정하자."

저기까지만, 저기까지만. 매번 저기까지만이라고 했는데 생각보다 제법 많이 걸어왔습니다. 기억을 되살려 보면 불안이 불안을 키운 느낌도 있습니다. 불안을 덜어 내기 위해 밤잠을 설치며 책을 읽고, 하나라도 더 글로 정리하기 위해 수면 시간을 줄였습니다. 불안한 마음을 달래기 위해 어떤 날에는 아침형 인간이 되었고, 어떤 날에는 올빼미형이 되었습니다.

희한한 것은 그렇게 하면 불안이 사그라들어야 하는데 '이렇게 노력해도 소용없으면 어떻게 하지?'라는 예상하지 못한 또 다른 불안이 수시로 저를 찾아왔습니다. 그러니까 제가 저를 흔들었던 것입니다. 불안감은 점점 더 높아지고, 노력하면 할수록 오히려 미궁에 빠지는 기분이었습니다. 그랬던 사람이 '불안'을 바라보는 시선에 변화가 생겼습니다. 이제는 불안을 두고 저를 힘들게 하는 모든 스트레스의 원인이라고 얘기하지 않습니다.

왜냐하면 불안이 불안을 키운 것은 사실이지만, 아침형 인간과 올빼미 인간을 오가느라 밤잠을 설쳐야 했지만, 결국에는 제 삶의 동력이 되었다는 것을 인정하기 때문입니다. 불안은 제 삶의 동력이었습니다. 한 번이라도 더 몸을 움직였기에 하나라도 더 몸에 걸칠 수 있었고, 한 번이라도 해 봤기에 두 번째가 가능했던 것입니다.

요즘은 불안에 집중하지 않습니다. 불안을 덜어 내기 위해서나 불안하다는 이유로 어떤 행위를 하거나 몸을 움직이지 않습니다. 그보다는 오히려 정체성을 지켜나가는 과정으로 받아들이고 있습니다.

불쑥 느닷없이 찾아오는 불안의 숨겨진 표정이 무엇인지, 불안이 미래와 어떤 대화를 주고받는지 궁금할 뿐입니다. 다시 처음 얘기로 돌아가, 그녀들과 헤어짐을 아쉬워하면서 저를 위한 응원인지 그녀들을 위한 응원인지 잘 구분되지 않는 말을 전하며 자리에서 일어섰던 기억이 납니다. '저 멀리'가 아니라 '저기까지만'이라도 가는 데 도움이 되기를 바라면서 말입니다.

"열심히 노력하는데, 불안할 수 있어요. 지금의

노력이 나중에 쓸모 있을지 의구심이 생길 수 있어요. 그런데 말이에요. 얼마 살지는 않았지만 '그렇게 지나야만 하는 구간'이라는 게 있더라고요. 하나, 하나 떼어 놓고 보면 그게 뭘까 싶지만, 그 하나하나가 점을 이루고 선을 만들고 면으로 이어지라고요. 어느 지점에 이르면 '귀인'을 만난 것 같은 기분이 들기도 하고요.

그만큼의 힘이 필요한 시절이 있고, 그만큼의 시간을 거친 후에야 마주하는 풍경 같은 게 있는 것 같아요. 세상에 처음 걸어 보는 길은 없다고 했어요. 저는 그 말을 믿어 보려고요. 그래서 걸어 보고 있어요. 일단은 저기까지만 가보려고요."

책 모서리에 매달린 기분

지금 읽고 있는 책이 모두 내 안으로 들어올 수 있다면, 경험으로 쌓여 자산 목록을 추가하는 데 보탬이 될 수 있다면 얼마나 좋을까. 그런 생각으로 책을 읽던 시절이 있습니다. 책과 머리 사이에 보이지 않는 가느다란 실 같은 게 있어서 실을 따라 책 내용이 줄줄이 사탕처럼 머릿속으로 들어오거나, 아니면 머리가 스펀지처럼 활자를 빨아들이는 상상을 하면서 말입니다. 심한 날에는 아주 가까이, 코를 박은 채 책을 읽기도 했습니다.

하여간 곁에서 지켜보는 사람이 있었다면 낯설고 이상하게 보일 행동을 아무렇지도 않게 시작하고 마무리했습니다. 하지만 결론적으로 얘기하면 성과는 그리 좋지 않습니다. 용량의 한계 때문인지 입력에 한계가 있었고, 어렵게 한 권을 읽고 여기저기 자랑하고 싶어 몸이 달아올랐다가도 정작 그런 순간을 마주하면 신경이 곤두서고 머릿속이 백지장이 되었습니다.

몸 안의 회로에 탈이 났는지 경직되는 게 느껴졌는데, 그런 상황을 몇 차례 반복하다 보니 책을 읽는 즐거움마저 사라져 버렸습니다. 그러더니 급기야 내용이 눈에 들어오지 않으면서 책을 읽는 동안 제 머릿속에서 일어나는 일에 더 마음이 가기 시작했습니다. 상황이 완전히 역전된 것입니다.

'나는 왜 책을 읽으려고 하는 걸까?'

'늘 책 모서리에 매달려 있는 것 같은 이 기분은 뭐지?'

물음이 생겨난 순간부터 하루라도 빨리 답을 찾고 싶다는 마음이 간절했습니다. 그러다가 그 감정은 책을 읽는 순간에 느껴지는 것이니, 많이 읽는 것이 해결 방법이라고 생각했던 것 같습니다. 그때부터 닥치는 대로 읽기 시작했습니다. 하지만 어떤 흐름을 발견하기보다는 조각조각 떨어진 힌트만 건져 올리는 기분이었습니다.

독서라는 행위가 상당히 매력적인 것은 분명하지만, 고개를 끄덕이는 데서 그치고 싶지 않다는 마음도 강했습니다. 왜냐하면, 굉장히 수동적으로 느껴졌거든요.

그보다는 조금 더 능동적인 독서, 그 자체가 수단이 아니라 목적이 되는 독서를 할 수는 없을까 연구하기 시작했습니다. 그 덕분에 영웅적인 답까지는 아니어도 제가 왜 책을 읽으려는지 알게 되었습니다.

제가 책을 읽는 이유를 최대한 단순하게 표현하면 '삶의 의미를 밝히기 위함'입니다.

누가 나서서 제 삶의 의미를 밝혀 줄 수 없다는 것을 알기에 스스로 삶의 사명 같은 것을 밝히고 싶다는 욕망이 있었던 것입니다. 어떻게 하면 이 세계의 중심에 저를, 제 삶을 데려갈 수 있을지 방법을 찾고 싶었던 것입니다. 그 깨달음으로 오늘도 책장을 넘깁니다.

머릿속에 무언가를 잔뜩 소유하기보다는 제 삶을 온전히 소유할 방법을 배우기 위해서 말입니다. 그러면서 알게 되었습니다.

책 모서리에 매달린 기분에서 벗어나고 싶다고 했지만, 실은 생(生)의 모서리에 매달린 기분에서 벗어나고 싶었던 것임을요.

기분 좋은 날에만 하지 말고

기분이 좋을 때는 열정이 넘쳐나게 됩니다. 기분과 열정 사이의 분명한 인과관계는 설명하기 어렵지만, 긍정적인 모습을 보이며 어디 숨겨놓은 생명력을 찾아낸 것처럼 적극적으로 달려들 때가 있었습니다. 백 번, 천 번 아무리 생각해도 안 될 것 같던 일인데 갑자기 '그냥 한번 해보지, 뭐'라며 제안서에 답신을 보냅니다.

그렇게 아슬아슬한 경험을 몇 번 이어 오면서

아주 중요한 사실을 배웠습니다. 기분이 좋은 날에는 모든 것이 쉬워 보인다는 것을요. 아니 '기분이 좋을 때를 조심해야 한다'는 것을요.

감정이라는 것은 상당히 위험합니다. 본질적으로 위험한 게 실은 정상입니다. 감정은 언제든 바뀔 수 있고, 변덕을 부려도 이상하지 않습니다. 우리는 이성에 따라 움직일 것 같지만, 실은 절대적으로 감정의 영향 아래 있습니다. 기억을 돌이켜 보면 지금까지 잘해 오던 일도 순간적으로 속상한 감정이 밀려오면 괜스레 변덕을 부리고, 억울하다는 생각과 함께 굳이 사서 고생할 필요가 있을까 싶은 회의감마저 듭니다.

저도 그런 사람 중 하나였습니다.

기분이 좋을 때는 시키지 않아도 나서서 뭔가 더 해 보려고 마음이 앞섭니다. 제대로 맥락을 살피지도 않고 무조건 긍정하는 모습을 보입니다.

어떻게 보면 일을 찾아서 하는 매우 적극적인 성격으로 보일 수도 있지만, 문제는 '기분이 좋을 때'라는 점입니다. 왜냐하면 그 이유로 시작하기도 하지만, 똑같은 이유로 그 이유가 사라지면 시들시들해졌거든요. 꾸준히 이어 오던 행위나 일상성을 유지하려는 노력이 무의미하게 느껴지면서 어떻게 하면 그만둘 수 있을까, 비합리적인 근거를 찾아다녔습니다.

그런데 지금은 조금 나아진 것 같습니다. 우선 대놓고 의심부터 하거나 비합리적인 근거를 찾으려는 모습이 많이 줄었습니다.

비슷한 상황이 놓이면 혹시 '좋은 기분'에 시작한 것은 아닌지 먼저 살펴봅니다. 회복하는 것도 중요하지만 원인을 밝히는 게 먼저니까요. 그러고 나서는 수습할 것이 있으면 수습하고, 끝까지 가야 할 일이면 어떻게든 저기까지만 가보자고 저 자신에게 얘기합니다. 시작이 중요한 것은 맞지만, 마무리도 중요하니까요.

그러면서 다독입니다. 무너진 곳에서부터 다시 시작하면 된다고, 다음에 이런 부분을 조심하면 된다고 속삭입니다. 넘어진 자리에서 툴툴 털고 일어섰던 성장의 기억을 들려주면서 말이지요. 기분이 좋지 않을 때, 원치 않는 상황이 연출되어 갑자기 허무하게 느껴질 때, 그런 날에도 어제까지 하던 것을 이어 나가는 일은 쉽지 않습니다.

마음이 복잡하고 감정적으로 어려움을 겪고 있을 때, 묵묵히 한 걸음씩 나아가는 사람은 진정한 능력자입니다. 왜냐하면 기분이 좋을 때 하던 일을 이어 나가는 것은 누구든 할 수 있기 때문입니다.

삶에서 성취라고 불리는 업적은 기분과 어떤 식의 연결고리도 가지지 못합니다. 힘들다는 이유로 문을 닫아 버리면 결코 아름다운 마무리가 될 수 없습니다. 감정과 상관없이, 해야 할 일이 있다면 '할 일을 해내는' 사람이 되어 보세요. 기분이 좋아도 하고, 기분이 좋지 않아도 '그냥 해내는' 사람이 되어 보세요. 그게 삶을 반짝거리게 만드는 비결이라는 것을 알 만한 사람은 알고 있답니다.

Best는 은유적 표현이다.
최대한 단순화하자면
누군가, 혹은 무엇인가와
자꾸 비교하려는 마음을 대신하는 표현이다.

Only 역시 은유적 표현이다.
누군가, 혹은 무엇인가를 위해 살지 않고
나다움을 향해 노력하겠다는 다짐 같은 것이다.

· 윤슬 『Best를 버리니 Only가 보였다』·

사는 게 다 거기서 거기라고요?

'저것을 해 보면 어떨까?'

'이렇게 바꿔 보면 어떨까?'

'어떤 배움이 나를 기다리고 있을까?'

'무엇을 내게 알려 주려는 것일까?

'저 문 뒤에 뭐가 있을까?'

제 삶이 지금의 모습을 갖추는 데 가장 큰 바탕
이 된 것은 호기심입니다. 특정한 모습이 그려
지는 것도 아니고, 실제 어떤 일이 벌어질지 알

지도 못하면서 늘 선택의 출발점에는 호기심이 있었습니다.

하지만 모든 일에는 양면성이 있는 것처럼, 호기심 덕분에 얻은 것도 있고 잃은 것도 있습니다. 굳이 경험하지 않아도 될 감정이나 상황을 마주한 것은, 어찌 되었든 호기심을 실행에 옮긴 게 원인이었습니다. 친구를 잃은 경험도 있고, 오해를 산 적도 있고, 끊임없는 자기반성을 하며 스스로 괴롭히는 일들까지 말입니다. 마음을 복잡하게 하던 일을 포함해 아픈 기억으로 남아 있는 몇 가지 원인을 호기심으로 정리하기도 했습니다. 하지만 일부 그런 요소가 있다고 해도 호기심은 제 삶에 긍정적인 역할을 훨씬 더 많이 했습니다.

먼저 낯선 것을 '두려운 것'이 아니라 '새로운 것'으로 받아들이게 도와주었습니다. 스스로 폭을 넓힐 수 없는 사람인데, 호기심 덕분에 폭을 넓힐 기회를 얻었습니다.

덕분에 다리를 건너갈 수 있었고, 만져 볼 수 있었고, 알게 되었습니다. 축적된 것이 진동을 일으킬 때 되돌아보니 그곳에 용기라는 이름표가 달려 있었습니다. 호기심의 선순환이라고 생각합니다. 낯선 것을 마주할 때 두려움으로 물러서기보다는 설레는 마음이 먼저 다가서는 사람이 되었으니 말입니다. 그뿐만이 아닙니다. 사람을 향해, 사회를 향해, 자연을 향해, 세상을 향해 어린아이의 순진무구함으로 다가갈 수 있게 되었으니, 혜택이 상당합니다.

호기심은 관계에 대한 관점에도 변화를 안겨 주었습니다. 익숙하다는 듯, 이미 알고 있다는 것처럼 행동하는 모습을 발견하면서 절제와 경청이라는 배움도 생겨났습니다.

그러니까 저를 조금 더 객관적으로 바라보게 된 것인데요. 이 경험이 저에게 아주 큰 교훈을 남겼습니다. 사람은 하루아침에 달라질 수 있으며, 관계는 강한 것이 아니라 부드러움에서 맺어진다는 것을요. 어제 만나고 오늘 다시 만나더라도 어제의 마음이 아닌 오늘의 마음, 새로운 마음으로 마주해야 한다는 것을요. 덕분에 관계를 맺는 것이 예전보다 훨씬 수월해지고, 사람을 더 좋아하게 된 것 같습니다.

무엇보다도 호기심은 저를 사랑하고, 제 삶을

사랑하는 데 결정적인 역할을 했습니다. 호기심은 용기를 발휘하는 최전방에 나서 주었고, '너를 한번 믿어 봐!'라는 말로 경험하기를 부추겼습니다. 목표에 집중할 수 있도록 끊임없이 저를 자극하는 기폭제 역할을 했습니다.

처음에는 반신반의하며 장난 가득한 마음으로 가볍게 시도했다가, 나중에는 적극적이고 열성적으로 변해 있는 모습이 어색할 때도 있습니다. 하나둘 빅데이터가 쌓이면서 저도 모르게 툭툭 이런 말이 터져 나옵니다.

'저거 재미있지 않을까?'

우리 모두 어린아이였을 때는 궁금한 게 많았습니다. 잘할 수 있는지 없는지보다 한번 해 보고 싶다는 마음이 먼저였습니다. 결과를 판단하는 게 아니라 과정에 더 관심이 많았습니다. 그러다가 세월이 흐르면서 하나둘 몸 안으로 침전물이 쌓이기 시작하고, 세상의 요구에 빠르게 대응하기 위해 노력하는 동안 호기심이 자리를 잃어버렸습니다. 그러면서 자기도 모르는 사이에 이런 말을 내뱉습니다.

'사는 게 다 거기서 거기지.'

저는 '사는 게 다 거기서 거기'라는 말을 최대한 내뱉지 않으려고 노력합니다. 왜냐하면 '사는 게 다 거기서 거기'인 삶을 원하지 않거든요. 원하지 않기 때문에 다르게 말하고, 다르게 행동하려고 노력합니다.

가만히 생각해 보면 인류가 이룬 모든 눈부신 성과는 호기심 가득한 사람들의 도움이 컸습니다. '저거 한번 해 볼까?', '저거 재미있지 않을까?'라고 호기심을 표현한 덕분에 우리가 여기에 있다고 생각합니다. 그 마음으로 강요까지는 아니어도 꾸준히 설득해 볼 생각입니다.

"호기심은 삶이 철드는 것을 원하지 않는다"라고 말이지요.

잘 말하는 건 진짜 어려워요

우리는 말을 통해 정보를 주고받고, 의사소통을 통해 관계를 맺습니다. 그런데 생각해 보면 '말'만 전하는 것이 아닙니다. 말 이외에도 메시지를 보완하는 단어, 표현, 말투, 행동, 태도를 함께 건넵니다. 그 과정에서 반짝거리는 말이 있고, 덜 반짝거리는 말도 있고, 초라한 말이 탄생하기도 합니다.

외부에 강의를 나갔을 때입니다.

리더 역할이었기에 권위적이지 않으면서도 적당한 긴장감을 유지하려고 노력하고 있었습니다. 리더라는 역할이 참 어려운 게 가끔은 흐름을 위해 말꼬리를 잘라야 하고, 다른 형식으로 주의를 집중시켜야 합니다.

그날도 비슷한 상황이 이어지고 있었는데, 적절한 수준에서 웃음을 발판으로 삼아 분위기를 바꿨습니다. 속으로는 제법 괜찮게 분위기를 전환했다고 생각했는데, 그게 아닌 모양이었습니다.

강의를 마칠 때쯤 한 분이 조심스럽게 속마음을 내비쳤습니다. 작가라는 직업을 가진 사람에 대한 기대감 같은 게 있었는데 아쉽다고 말씀하셨습니다. 누구보다 섬세하고 부드러운 표현을 쓸 줄 알았는데, 상상했던 모습과 다르다고 했습니다.

솔직히 순간적으로 당황스러웠습니다. 그렇지만 혼란스러운 상태로 마무리하고 싶지 않다는 생각이 더 강하게 올라왔습니다.

"아, 그렇게 전달하려고 한 것은 아니었습니다."
"제가 전하고 싶었던 것은….'

단어 하나하나를 선택하는 것부터 연결이 매끄러운지 체크하면서 메시지가 오해 없이 잘 전달되도록 애쓴 기억이 아직도 생생합니다. 어떤 표현으로 어떻게 마무리했는지 정확하게 기억나지는 않습니다. 그저 단어 하나만 바라보지 말고 전체적인 흐름이나 맥락에서 이해하면 좋겠다고, 그런 비슷한 얘기를 여러 번 반복했던 기억이 납니다. 다행히 순조로운 분위기에서 상황이 마무리되었습니다.

집으로 돌아오는 차 안에서 혼자 강의를 복기해 보았습니다. 어떤 이유에서 그런 얘기가 나온 것일까, 어떤 일이 상황을 저렇게 만들었을까, 영사기를 되감듯 필름을 되감았습니다.

어찌 되었든 말이 문제라는 생각이 들었습니다. 말 이외에 단어, 표현, 말투, 행동, 태도에서 메시지 전달에 실패한 것입니다. 그러면서 동시에 '이번 일을 통해 내가 배워야 하는 건 무엇일까?'라는 질문이 머리를 스쳐 갔습니다. 왜냐하면 나쁜 경험은 있어도 쓸모없는 경험은 없거든요. 덕분에 거의 집에 도착했을 때, 저는 두 가지를 정리할 수 있었습니다.

건강한 관계 형성을 위한 2, 6, 2.

나를 좋아하는 사람 2,

관심 없는 사람 6,

나를 싫어하는 사람 2.

우선 큰 문제를 일으킬 만한 상황이 아니었다면 오래도록 붙들고 끙끙대지 말아야겠다는 생각이 들었습니다. 후회하거나 자책하지 말자, 스스로 괴롭히지 말자. 그런 생각이 가장 먼저 들었습니다. 그렇지 않으면 계속 저를 괴롭힐 것 같았거든요.

좋아하는 사람이라면 진짜 궁금해서 물었을 것이고, 관심 없는 사람이라면 어떤 말을 해도 크게 영향을 받지 않을 것이며, 저를 싫어하는 사람이라면 무엇을 내놓아도 마음에 들지 않을 거라는 생각에 다다른 것입니다.

앞으로 진심이 잘 전달되는지, 메시지가 오해 없이 전해지는지에 더 주의를 기울이자는 다짐으로 상황을 마무리했습니다.

다른 하나는 '나도 실수하면서 살아간다'는 것이었습니다. 솔직하게 고백하면 그분의 말투, 표현에서 제 모습이 참 많이 보였습니다. 지금은 좀 나아졌지만, 예전에 저는 전체적으로 약간 전투적인 사람이었습니다. 가벼운 농담인데 혼자 진지해지는 경향이 있었습니다. 무심히 건네 온 단어 하나를 삼키지 못하고, 가벼운 미소로 웃어넘기지를 못했습니다.

하여간 억지로 꿀꺽 삼키려고 며칠이고 애쓰다가 도저히 안 되겠다 싶으면 조심스럽게 얘기를 꺼내곤 했는데, 그러면서 알게 되었습니다. 제

말투가 곡선보다 직선에 가깝다는 것을, 다채로운 표정이 아니라 딱딱하게 굳은 표정이라는 것을요. 예전의 기억이 떠오르니 원망하는 마음이 순식간에 사그라졌습니다. 의도하든 의도하지 않든, 저도 실수하면서 살아간다고 생각하니 그리 억울해할 일이 아니었습니다.

'말'은 생물이라는 생각이 듭니다. 말은 누군가에게 영향을 주고, 부메랑이 되어 다시 돌아옵니다. 그만큼의 크기 또는 그 이상의 크기로 살아서 움직입니다. 살아가는 동안 이 생물 다루기를 게을리해서는 안 될 것 같습니다. 말만 연습해서도 안 될 것 같습니다. 말하기, 태어나자마자 누가 가르쳐 주지 않아도 해낸 일이라 쉽게 생각할 수 있는데 아무리 봐도 쉬운 게 아닌 것 같습니다.

가끔 흔들리더라도

책을 읽는 것만큼이나 책에 밑줄을 긋고, 낯선 단어를 발견하고 그 안에 머물기를 좋아합니다. 그러다 보니 많이 읽거나 빨리 읽는 것에는 크게 관심이 없습니다.

허락된 시간이 30분이라고 할 때 50페이지를 읽는 날도 있지만, 단 3페이지밖에 못 읽는 날도 있습니다. 그렇지만 딱히 마음에 부딪힘이 없습니다. 뭐가 되었든 제 안에 남는 게 있거든요.

사람마다 차이가 있겠지만 저에게 책을 읽는 행위는 단순히 읽기가 아닙니다. 단어를 하나씩 꼭꼭 씹어 먹으면서, 징검다리 위에 서서 건너편에서 조심스럽게 건너오는 모습을 지켜보는 시간입니다. 저의 발걸음도 함께 들여다보면서 말이지요. 징검다리를 또 하나의 차원이라고 가정할 때, 읽기는 두 세계의 만남이 이뤄지는 공간인 셈입니다.

위협적이지 않고 강요하지 않는 시간 속에서 자연스럽게 대화를 주고받을 때가 많은데, 그럴 때는 평온한 보금자리를 찾은 기분입니다.

"너의 세계는?"
"나의 세계는⋯."

누군가가 저에게 가장 안전한 방식으로 자기 세계를 굳건하게 지켜나갈 방법을 물어온다면 감히 '읽기와 쓰기'라고 말하고 싶습니다. 책을 읽는 동안 품위 있는 대화가 오가고, 서로의 세계관을 공유한 후, 그것을 글로 정리해 자기의 삶 속으로 스며드는 과정을 격하게 추천합니다. 자신의 주위를 둘러싸고 있는 것이 무엇인지, 갑자기 생겨난 호기심의 실체가 무엇인지, 미처 발견하지 못한 것은 무엇인지 펼쳐놓고 조각을 맞춰 보는 과정을 추천합니다.

필연적으로 일시 멈춤 버튼을 눌러야 하는 순간도 있습니다. 좀처럼 읽을 수도, 쓸 수도 없는 그런 날 말입니다. 그때는 어떤 죄책감이나 미안함 없이 쉬면 됩니다. 그런 날은 보통의 날이 아니니까요.

그때는 쉼이 곧 삶입니다. 살아 있다는 감각을 회복하는 것만으로 성공적입니다.

그게 아니라면 '읽기와 쓰기'의 힘을 얘기하고 싶습니다. '읽고 쓰기'의 삶을 얘기한다고 해서 제가 늘 멋지고, 매일 이기는 삶을 사는 것은 아닙니다. 삶에는 아름다운 표정도 있지만, 야만적인 표정도 숨겨져 있거든요. 흔들리는 것을 넘어 뭔가 벌거벗겨진 채 혼자 허허벌판에 놓인 것 같은 기분을 느끼는 날도 있습니다.

하지만 그럴 때마다 "언제든지 이길 수 있고, 언제든지 질 수 있다"라는 문장을 떠올립니다. 그렇게 보통의 날, 웬만한 순간을 '읽기와 쓰기'로 지켜 나가고 있습니다. '그래도 이 정도에서 끝나서 참 다행이야'라고 말하면서 말이지요.

핑계를 대는 게 아니라

무기력감을 호소할 때, 특히 안정감을 느끼지 못하는 것이 이유일 때는 사실 어떤 말도 쉽게 나오지 않습니다. 멘토라고 찾아왔는데, 무슨 말이라도 들으면 힘이 날 것 같다고 얘기하는 데 입이 떨어지질 않습니다. 저 역시 어떤 날에는 잘 사는 것 같고, 어떤 날에는 쥐구멍에라도 숨고 싶은 날이 있거든요. 바라는 게 있다면 '잘 사는 것 같은 느낌'에 둘러싸인 날이 더 많이, 자주 방문하기를 바랄 뿐입니다.

무기력한 기분은 누구에게나 찾아옵니다.

일종의 허무감인데, 스스로 가치 없는 사람처럼 느껴질 때가 있습니다. 긍정적인 에너지라고는 눈곱만큼도 보이지 않는, 인생이라는 거대한 수레바퀴에 눌린 것 같고, 우울한 공기가 온몸을 둘러싸고 있는 것 같은. 결정적인 이유가 있는 날도 있지만, 딱히 이유도 없는데 몸이 돌덩이가 되어 바닷속에 가라앉은 기분일 때가 있습니다,

저도 똑같습니다. 몸 안에 좋은 거라고는 하나도 없는 기분입니다. 다른 분들은 어떻게 하는지 모르겠지만, 저는 그런 순간을 마주하면 가능한 한 저 자신을 건드리지 않습니다. 언제까지라는 것도 없고, 어떻게 해야 한다는 것도 없

습니다. 핑계를 대고 있다고 함부로 평가하지도 않습니다. 핑계를 대는 게 아니라 진짜 아무것도 하고 싶지 않을 때가 있습니다. 끈기, 인내가 필요해지는 순간인데요.

어느 정도의 수준이 되어야 대화도 되고 분위기도 바꿀 수 있기에 보통 저는 몸이 근질거리기를, 마음이 들쑥날쑥하기를 무작정 기다립니다. 몸에서 '뭐라도 해 보고 싶어'라는 신호가 오기를 기다리는 것이지요.

이제 뭐라고 해 보고 싶다는 신호가 감지되면, 그때부터 몇 가지를 시도합니다.

가장 먼저 하는 것은 '청소'입니다. 책상을 정리하거나 사무실, 화장대, 혹은 거실을 청소합니다.

미루었던 대청소를 한다기보다는 가장 눈에 띄는 작은 공간을 정리하는 수준입니다. 그러면 뭔가 이해받는 기분이 듭니다. 그동안의 모습에 대해 그럴 수밖에 없었다는 것을 설명해 주는 것 같다고 할까요. 그러면 마음 한쪽 구석이 정리되는 기분이 들면서 몸속으로 새로운 숨결이 들어오는 게 느껴집니다.

청소로 마음을 업데이트하는 날도 있지만, 운동화를 신고 무작정 밖으로 나가 10분이든 20분이든 걷기도 합니다. 시간이 남아도는 사람, 하릴없는 사람처럼 느린 속도로 여기저기 기웃거리면서 돌아다닙니다. 낯설게 느껴지는 기분을 오롯이 느끼면서 말입니다. 그러면 문제를 완벽하게 풀지는 못해도 조금씩 형체가 드러나는 느낌입니다. 조금 더 회복되면 그때부터는 친구를 만나기도 합니다. 지금의 상황이 누구의 책임도 아니라는, 특히 저의 잘못이 아니라는 안도감을 선물 받을 수 있거든요. 그러다 보면 저도 모르게 나오는 말과 생각, 감정을 통해 혼자였다면 끝내 정리할 수 없었을 것들이 정리되는 기분을 느낍니다.

정해 놓은 기간 없이 바닷속에서 잠수를 하든, 청소를 하든, 걷기를 하든, 친구를 만나든 얼마간의 시간을 보내고 나면 그제야 책이 눈에 들어옵니다. 그렇게 자연스럽게 시간이 흐르기를 기다리면 모니터를 향해, 자판을 향해 손이 갑니다.

그때 저는 알아차립니다.

‘깊은 무기력감에서 벗어나고 있구나.’

‘곧 일상성을 회복하겠어!’

나는 잠재력을
현실적인 단어로 바꾸고 싶었다.
유한한 삶을 인정하는 동시에
무한한 가능성을 설명하는데
'동사'만 한 것이 없었다.

삶은 명사적이지 않다.

삶은 동사적이다.

· 윤슬 『내가 좋아하는 동사들』 ·

천재적인 노력

지난해 도서전에 갔을 때도 비슷했습니다. 진정한 주인공이라고 할 만한 작가, 출판사가 빛을 내며 자리를 지키는 모습에 저도 모르게 주눅이 들었습니다. 책을 출간했을 때도 사정은 비슷했습니다. 천부적인 재능을 가진, 거기에 실력이 출중하거나 표현력이 탁월한 작가들의 작품 앞에서 자신감을 잃는 건 시간문제였습니다.

끝까지 버텨 낸다는 생각과 잘하는 것보다 좋아

하고 즐기는 것이 더 중요하다는 믿음이 없었다면 '나만의 세계를 쌓아 간다'라는 생각을 일찌감치 포기했을 것입니다.

"천재를 만났을 때 주눅 들지 않을 방법은 무엇일까?"

제법 오랫동안 붙들고 있던 질문이라 대답을 찾기까지 상당한 시간이 걸렸습니다. 완벽한 답은 아니겠지만 나름대로 설득력 있게 느껴져 공유해 볼까 합니다. 우선 저는 천재라는 단어에 집중했습니다. 천재라는 프레임에 갇혀 모든 것을 수직적으로 바라보는 태도를 버려야겠다고 생각했습니다.

상대방이 특별한 능력이나 천재라고 부를만한

재능을 가졌다 해도 저와 똑같은 사람이라는 점을 기억하자고 다짐했습니다. 천재에게도 강한 영역이 있고, 스스로 의심하는 영역이 있을 거라고 말이지요. 단 하나의 기준으로 수직적으로 해석하는 것은 현명한 태도로 보이지 않았습니다. 그러면서 저를 되돌아보았습니다. 스스로 의심 없이 강하다고 여기는 영역은 없는지 말입니다. 그 순간 떠오른 문장입니다.

'성장형 마인드를 유지한 채 의식적인 훈련을 이어 나가면 탁월함에 이를 수 있다.'

그때부터 천재가 아니라 탁월함에 집중하기로 했습니다. 다행히 저는 행동이 빠른 사람입니다. 신뢰할 만한 가르침이라는 생각으로 그날부터 몸을 움직였습니다. 노력하면 일정 수준에 도달할 수 있으며, 의식적인 훈련이 더해지면 탁월함으로 나아갈 수 있다고 굳게 믿으면서 말입니다.

천재를 마주했을 때 주눅 들지 않을 방법을 저는 이렇게 정리했습니다. 천재적인 재능을 가지지 않았다고 속상해하지 말고, 의식적인 훈련으로 탁월함을 지녀 보자고 말입니다. 그러니까 천재적인 재능이 아니라 천재적인 노력에 집중해 보자고.

새 중에는 멀리 나는 새가 있는가 하면, 높이 나는 새도 있습니다. 사람 가까이에서 생활하는 새가 있는가 하면, 멀리 떨어져서 생활하는 새도 있습니다. 꽃 중에도 봄이 아니라 겨울에 아름다움을 뽐내는 꽃이 있습니다.

끝이 보이지 않는 정상을 향해 달려가는 사람이 있는가 하면, 어느 지점에 이르러 모든 것을 내려놓는 사람도 있습니다. 이처럼 평생이라는 기간 동안 제각각 하고자 하는 것과 해내고 싶은 것이 모두 다릅니다.

누군가와 비교하거나 그런 과정에서 성취감을 찾으려는 것은 불행한 선택이라는 생각이 듭니다.

그보다는 서로 다른 존재임을 인정하고, 저마다의 존재감을 밝히는 것이 더 의미 있는 선택이 아닐까요? 그 연장선에서 제가 지닌 잠재력을 발견하는 일에 더 많은 시간과 정성을 쏟아 볼 생각입니다. 배워야 한다면 배우고, 의식적으로 훈련해야 한다면 훈련하면서 말이지요.

내면의 성장과 자아실현이라는 키워드를 기억하면서 천재를 마중 나가 볼 생각입니다. 그들에게서 위대함이 드러났다면, 제 삶에도 드러날 위대함이나 탁월함이 있지 않을까 기대하면서 말입니다.

천재, 어쩌면 그들은 이 순간 우리가 무엇을 해야 할지를 알려 주는 스승일지도 모르겠습니다.

**나를 알아야
나를 넘을 수 있어요**

부드러운 음악 소리에 마음이 평온해지면 저는
가장 솔직한 상태가 됩니다. 어떤 행동 뒤에 숨
겨진 동기를 찾는 게 한결 쉬워집니다.

사실 '동기'만큼 중요한 게 없습니다. 내적 동기
든 외적 동기든 앞으로 나아갈 힘을 만들어 주
고, 올바른 선택과 행동을 할 수 있는 유도제 역
할을 합니다. 그러므로 자기 행동이 어떤 동기
에서 출발했는지, 어떤 동기가 성장을 이끌어

내는지 확인하는 것은 꼭 필요한 작업입니다.

'지금 내가 하는 행동의 동기는 무엇일까?'
'어떤 동기가 현실과 이상 사이의 간극을 조절하고 극복하도록 돕고 있을까?'

제가 찾아낸 제 행동 뒤에 숨겨진 동기는 '인정 욕구'였습니다. 저는 인정받기 위해 노력했습니다. 가깝게는 가족이나 친구들에게, 좀 더 확장한다면 사회나 세상으로부터 인정받기를 원했습니다. 그래서 '인정할 만한 사람'을 만나면 그들을 닮기 위해 하나라도 배우려고 덤벼들었습니다. 특히 말보다는 행동, 글이 아니라 삶에 집중했습니다. 그러면서 저의 질문은 조금 더 날카로워졌습니다.

'나의 인정 욕구는 어디에서 출발했을까?'

제가 알아낸 것은 '열등감'이었습니다.

청춘이라고 불리는 시절을 열등감과 함께 살았다고 해도 과언이 아닙니다. 장애를 앓는 사람처럼 악순환의 고리를 끊어 내지 못했습니다. 결단력을 발휘하지 못한 채 열등감이 계속 덩치를 키워 갔습니다. 결단력을 발휘할 수 없는 이유를 스스로 만들어 내면서 주변 환경을 원망했습니다.

그러던 어느 날, 제가 그리고 있는 무늬가 눈에 들어왔습니다. 본능적이고 충동적인 무늬. 어느 한 부분이 툭 잘려 나간 것처럼 보이는 무늬. 어떤 이야기도 하지 않는 무늬가 눈에 들어왔습니다.

그날 저는 그동안 움켜쥐고 있던 하나의 세계를 무너뜨렸습니다. 도망치지 않겠다는 결단력을 발휘해 열등감을 인정하고 받아들이기로 했습니다. 동시에 과거의 모습으로 돌아가지 않겠다고 다짐했습니다.제 모든 행동의 저변에 인정 욕구와 열등감이 있다는 데서 다시 출발했습니다.

허들을 외면하는 것이 아니라 허들을 뛰어넘자고 마음먹은 것입니다. 그런데 희한하게도 그때부터 많은 부분이 편안해졌습니다. 하루에도 열두 번씩 찾아드는 감정이 수그러들었고, 예상을 빗나간 상황이나 사건을 기꺼이 받아들이거나 불필요하게 에너지를 낭비하지 않는 등 삶을 유의미하게 바라보는 태도가 생겼습니다.

동기 부여라는 말이 있지만, 실은 굉장히 어려운 일입니다.

동기 부여에 이르기까지의 과정이 다르고, 동기의 바탕을 이루는 욕구와 욕망도 모두 제각각이기 때문입니다. 하지만 그래서 더 의미 있다고 생각합니다. 왜냐하면 동기는 서사성의 바탕을 이루기 때문입니다.

무엇보다 중요한 것은 동기를 판별하는 게 아니라 어떤 동기인지, 어디에서 출발했는지, 받아들여야 하는 게 있다면 그것이 무엇인지 알아내는 게 먼저라고 생각합니다. 동기와 내 삶의 상호 작용 관계를 밝히는 데서 개별성이 출발할 테니까요.

삶을 유지하는 것,

돌아보는 것,

한 걸음 나아가는 것.

모두 용기가 필요했다.

나는 그 용기를 글쓰기로 배웠다.

• 윤슬 『내 이야기도 책이 될 수 있을까』 •

두 번째 봄

보통 새해가 시작될 때 할 만한 일을 저는 11월에 시작합니다. 아무래도 성격 때문인 것 같습니다. 태생적으로 다혈질(예전에는 이것도 인정하지 않으려고 애썼지만)인 탓에 예상을 빗나간 상황을 마주하거나 심각한 문제를 발견하면, 말이 빨라지고 발걸음이 평소보다 몇 배 분주해집니다. 최대한 그런 모습을 보이지 않으려고 노력하는데도 조금만 방심하면 금방 들통납니다.

그래서 찾아낸 해결책이 '조금 일찍 시작하자'입니다. 이런저런 다양한 시도와 시행착오 끝에 찾아낸 방법인데, 신비로운 결과까지 얻게 되었습니다. 원하지 않은 전개에 압도당하는 게 아니라 문제 해결에 집중하게 되고, 붉게 달아오른 얼굴로 경주마처럼 혼잣말을 쏟아 내는 일이 줄어들어 얼마나 다행인지 모릅니다.

11월이 되면 가장 먼저 '가족들과 함께 보낼 계획'을 세웁니다. 일 년 동안 잘 지내 온 이야기를 나누고, 약간의 감동을 주고받는 시간을 준비합니다. 예쁜 모습을 곁에서 고운 시선으로 지켜보는 사람이 있다는 것을 얘기해 주려고 말입니다. 어쩌면 12월이든 1월이든 함께 보낼 시간을 약속하고 준비하는 것은 저를 향한 선언인지도 모르겠습니다.

소중한 사람이 누구인지 잊지 말자는 선언 말입니다. 그리고 꼭 그만큼의 크기로 '혼자 있는 시간'을 확보하려고 합니다. 동굴 속으로 들어왔다는 기분이 들 때도 있고, 어딘가 낯선 곳으로 명상 여행을 떠난 기분이 들 때도 있는데, 하여간 혼자 있는 시간을 가지려고 노력합니다.

책을 읽든, 여행을 떠나든, 걷거나 운동을 하든, 글을 쓰든, 일기장을 펼치든, 다이어리를 뒤적이든 저의 감정이나 생각을 들여다보는 시간을 가집니다.

걸어온 시간 속에 예술적인 요소가 깃들어 있는지 살펴보면서 말입니다. 이때 특별히 신경 쓰는 부분은 판단이나 평가보다는 성찰이나 가능성에 무게 중심을 둔다는 것입니다.

힐링이라면 힐링, 열정이라면 열정을 부추기면서 나 자신과 소통의 시간이자 화해의 시간을 가집니다.

마지막으로 남아 있는 기간 동안 잘 마무리할 것이 무엇인지, 새해는 어떻게 맞이할 것인지 점검합니다. 완벽하게 마무리하기 어렵다면 어디까지 진척시킬 것인지, 70%에 만족해야 한다면 70%에 도달하기 위해 무엇을 해야 하는지 방법을 찾아봅니다. 새해 계획도 그 연장선에서 고민합니다.

세상에 정답은 없다는 마음으로, 궁극적으로 추구하는 방향을 향해 잘 가고 있는지에 초점을 맞춥니다.

계획이 일을 성사시키기도 하지만, 때로는 일이 새로운 계획을 만들 때도 있으므로 최대한 열린 결말을 허락하면서 말입니다.

11월,
누군가에겐 겨울이겠지만
저에게는
두 번째 봄입니다.

모든 순간이 선물입니다

며칠째 강추위가 이어지는 아침, 옷을 몇 개나
껴입고 목도리를 칭칭 동여매고는 길을 나섰습
니다. 더 이상의 추위는 사양하겠다는 단호한
표정으로 묵묵히 앞만 보고 걸어갈 때였습니다.

사무실 입구에 다다랐을 때 적어도 제 눈에는
독수리처럼 보이는 제법 큰 검은색 비둘기 한
마리가 빠른 속도로 곁을 지나쳤습니다. 두려
움을 느끼게 할 정도의 몸집이었는데, 양쪽 날

개를 쫙 펼친 모습이 순간적으로 존경스럽게 느껴졌습니다. 도대체 옷을 몇 개나 입은 것인지 알 수 없는 제 모습과 너무 대조적이었거든요.

몇 걸음 걸어갔을까요. 비둘기는 숨 고르기가 끝났는지 이내 양쪽 날개를 펼치며 날아오르더니 주위를 크게 한 바퀴 돈 다음 아무 미련 없다는 듯 떠나갔습니다. 뒤도 돌아보지 않고 말이지요. 저에게는 어떤 관심도 없어 보였습니다.

모든 것이 아주 잠깐 동안 일어났는데, 그 짧은 순간이 저에게는 굉장히 낯설게 다가왔습니다. 『참을 수 없는 존재의 가벼움』이라는 밀란 쿤데라의 책이 떠오르면서 새로운 여행지의 웅장한 분위기에 압도당한 듯한 기분이었습니다.

비둘기가 길을 잃은 것인지 아닌지 알 수 없지만, 저에게는 길을 잃은 것처럼 보이지 않았습니다. 목적을 달성했는지 그러지 못했는지 알 수 없지만, 목적을 달성한 모습이었습니다. 떠나온 길을 돌아가는 것인지 길을 나서는 것인지 알 수 없지만, 거침없어 보였습니다. 정답을 가졌는지는 모르겠지만, 이 순간은 자기 것이라는 확신으로 가득해 보였습니다. 그 모습을 보면서 생각했습니다.

어떤 모습이든
무엇으로 살아가든
자기만의 방식이 있고,
마음속에 품고 있는 게 있지 않을까.
하나하나의 순간이
저마다 화양연화이지 않을까.

생각은 거기에서 멈추지 않았습니다. 지나온 시절 동안 제가 선택한 것들이 기억났고, 환대하며 마중 나가지 못한 장면이 떠올랐습니다. 돌이켜 생각해 보면 왜 그렇게 용기가 없었는지 모르겠습니다. 조그만 일에도 큰일이라도 난 것처럼 호들갑을 떨고, 불같이 화를 내던 자잘한 순간이 기억났습니다.

그 모든 순간이 제 인생에 대한 헌신이라는 것을 그때는 왜 몰랐을까요. 비록 아주 짧은 순간이었지만, 검은색 비둘기가 저를 위해 이곳을 지나간 게 아닐까 하는 조금 엉뚱한 상상도 해 보았습니다. 더는 생의 무게에 짓눌리지 말고 날개를 펼쳐 자유롭게 날아 보라고, 그 얘기를 해 주려고 일부러 가던 길을 멈춘 건 아닐까 하는.

조금씩
좋아지기 시작했어요

"책을 읽는다고 금방 달라지는 것도 없던데⋯."

옳은 말입니다. 책을 읽는다고 금방 달라지는 것은 없습니다. 문제가 해결되는 것도 아니고, 나를 속상하게 만든 사람이 달려와 미안하다고 사과하는 극적인 일도 생겨나지 않습니다.

하지만 지금까지의 경험을 더듬어 보면 비록 5분, 10분이라도 '하루만큼의 몫'을 해내는 데 큰 도움을 받은 게 사실입니다. 문제를 불필요하게 확대 해석하지 않았고, 감정의 폭발을 이기지 못해 초래할 최악의 상황은 피했으니 말입니다.

비록 짧은 시간이라도 책을 읽는 동안 저는 타임머신을 타고 낯선 곳으로 이동하는 느낌을 받습니다. 동시에 머릿속에 공간이 생겨나는 기분도 듭니다. 조금 여유 있게 책을 붙잡는 날에는 저자가 펼쳐 놓은 세계의 인과 관계를 통해 아주 조금이나마 뇌가 똑똑해지는 기분을 느낍니다. 저자의 언어가 제 언어로 바뀌어 머릿속 어휘력 창고가 그득하게 채워지는 느낌입니다.

그래서인지 5분 독서, 10분 독서 이야기를 자주 언급합니다. 약간의 틈을 내어 저자가 펼쳐 놓은 세계를 함께 걸어 보라고 얘기합니다. 대화를 나누면서 어떤 순간에 심장이 쿵쾅거리는지, 주인공이라면 어떤 선택을 했을지 호기심에 불씨를 지펴 보라고 조언합니다.

문학 작품을 즐겨 읽는 분들은 그런 말을 합니다. 주인공의 아픔이나 슬픔이 속상하지만, 꼭 그만큼의 크기로 위로를 얻게 된다고 말이죠. 숨기고 싶은 감정과 욕망이 들켰을 때는 누군가에게 들키는 게 아닐까 염려되다가도 그 안에서 와르르 해체되었다가 재결합하는 모습이 싫지 않다고 했습니다.

저도 비슷한 경험을 한 것 같습니다. 요즘은 조금 덜 읽지만, 한때는 소설만 계속 읽은 적이 있습니다. 그러면서 저도 건강을 회복하는 데 도움을 받았습니다. 정신 건강 말입니다.

그 덕분에 오락가락하는 감정이나 맥락 없는 이야기, 지나온 시간에 대한 후회, 자책이 하나씩 제자리를 찾아갔습니다. 지나온 자리를 그리워하기보다 지금 있는 자리를 쓸고 닦는 것이 진짜 마술이라는 것을 등장인물이 삶을 끌어안는 모습을 통해 간접적으로 배웠습니다. 삶의 마디마디에서 훈장처럼 생겨난 굳은살이 결과적으로 삶을 단단하게 만드는 자양분이 된다는 지혜도 덤으로 얻었습니다.

불완전해 보이는 제가 더는 미워 보이지 않으니, 그 정도면 엄청난 수확이라고 생각합니다.

No pain, no gain

"참 대단한 것 같아요."

가끔 이런 말을 들을 때가 있는데 솔직하게 그럴 때마다 갑자기 벙어리가 되는 기분입니다. 겸손해서가 아니라 실제로 대단하다고 할 만한 것이 없기 때문입니다. 그러면서 어떤 이야기를, 어떤 맥락으로 이어 나가야 할지 막막해집니다. 뭔가 영감을 주는 대답을 해야 할 것 같은데, 굉장히 비현실적인 이야기를 전하는 건 아닐까 고민하게 됩니다. 꼭 필요한 단어를 사용해 소중하게 다가갈 만한 것을 전하고 싶은데, 그저 가장자리를 맴도는 대단할 것 없는 얘기를 반복하는 건 아닐까 마음이 복잡해집니다. 하지만 그럼에도 불구하고 어떤 메시지를 전해야 한다면, 저는 두 가지를 이야기합니다.

재능 위에 끈기,
자기 이유와 일상성.

앤절라 더크워스의 『그릿(Grit)』을 읽어 보셨는지 모르겠습니다. 저는 지금까지 대략 다섯 번, 빠른 속도로 두어 번 더 읽었는데 시간이 흐를수록 아껴 읽고 싶은 책 중의 하나입니다.

재능에 대한 두려움이 엄습해 올 때, 재능 이상

의 것을 구하고 싶을 때, 재능을 넘어서고 싶을 때면 햇살이 잘 드는 창가에 앉아 천천히 페이지를 넘기곤 했습니다. 그 시간의 힘이라고 생각합니다. '재능 위에 끈기'라는 마음으로 살아가게 되었으니 말입니다.

또 하나 제 삶에 든든한 배경처럼 서 있는 단어는 '일상성'입니다.

이런 말을 한 번쯤 들어 보셨을 것입니다. "성공적인 삶을 살아가는 사람은 자신이 무엇을 해야 할지 알고 있으며, 일상 속에 그것을 습관화하려고 노력한다"라는. 자기계발서나 성공담을 다룬 자서전에 자주 등장하는 문장인데, 평소 추상적으로만 다가왔던 것들을 구체적이고 실재적인 모습으로 바꾸는 데 큰 도움이 되었습니다.

가능성을 두고 어떤 선택을 해야 한다면, 끝내 조금이라도 나아지는 쪽으로 선택할 수 있도록 돕는 기준 같은 것입니다.

지붕 위에서 비바람을 맞는 날에도, 몸을 숙여 낮은 자세로 엎드려야 하는 날에도, 축제 뒤풀이를 마치고 돌아온 새벽에도 자신이 해야 한다고 마음먹은 일을 끝까지 해내는 사람들. 누구도 해 보지 않은 일이라고 주저하지도 않았고, 성과를 보장하기 때문에 무의식적으로 따라 하지도 않았습니다.

모두 자기 이유로 결심했고, 자기 이유로 행동했으며, 자기 이유로 일상성을 설명했습니다.

어떤 상황에 놓이더라도 배움의 기회로 삼는다

는 고백과 함께 말이지요. 그들의 고백이 저에게는 우주가 제게 보내는 신호로 들려왔습니다.

"그런 식으로 생각하는 습관을 버려야 해요. 학생은 순금이에요. 브리검 영으로 돌아가든, 산에 있는 집으로 돌아가든 그 본질은 변하지 않을 거예요. 다른 사람이 학생을 보는 눈은 변할지 모르고, 학생이 자신을 보는 눈도 변할지 모르지만, 어차피 순금도 빛에 따라서는 덜 빛나 보일 때도 있으니까. 하지만 빛이 덜 난다면 그게 허상인 거예요. 지금까지 항상 그랬어요."
- 『배움의 발견』 p.379

거의 완벽에 가까운 모습으로

비슷한 일을 반복하기보다는 조금이라도 도움이 되거나 배울 것이 있겠다는 생각이 들면 일단 발부터 담그는 편입니다. 결과를 떠나 과정에 참여했다는 사실만으로도 혼자 뿌듯해하는 성격이라 더 그런 것 같습니다.

어떤 날에는 최선이었고, 어느 순간엔 차선이었고, 드물게는 호기심이 전부였습니다. 그러다 보니 늘 반짝거리는 성과만 얻지는 못했습니다. 외상 후 스트레스에 빠진 사람처럼 '정말, 정말 다시는 안 할 거야!'라는 말을 허공을 향해 외친 날도 수두룩합니다. 그래서 실제로 얼마간은 그 일과 비슷한 것 근처에 얼씬도 하지 않은 적도 있습니다.

하지만 사람은 쉽게 바뀌지 않는다는 것을 증명이라도 하듯, 아픈 경험이나 부끄러운 결과를 마주하고도 시간이 약인지 얼마간의 공백기를 지나고 나면 머릿속이 말끔해집니다.

참 이상하지요. 그러다 보면 종이에 뭔가를 끄적이기 시작합니다. 어딘가로 급하게 여행을 떠나야 하는 사람처럼 말이지요. 실없는 생각을 적기도 하고 굉장한 아이디어라는 혼자만의 상상에 빠져 종이를 채우는데, 가끔은 그런 제 모습이 의문스럽기도 합니다. 더는 일을 만들지 않고, 지금 하는 것만 열심히 해도 충분할 것 같은데 굳이 뭔가를 해 보려고 애쓰는 것 같거든요.

누구든 그렇겠지만, 실패를 좋아하는 사람은 없을 것입니다. 저도 다르지 않습니다. 흔히 하는 말처럼 중간에라도 있는 게 낫지, 굳이 드러내어 부끄러움이나 실패를 자초하는 상황을 원하지는 않습니다. 할 수만 있다면 그런 상황을 피하고 싶은 사람이라 안전한 길을 찾아 걸어가는 것만으로도 충분하다는 생각이 강했습니다. 그런데 요즘의 저를 보면 굳이 나서서 부끄러움을 마주할 일을 만들고 있습니다. 비참함까지는 아니어도 꽁꽁 얼어붙은 강에 홀로 서 있는 기분을 마주하게 될 거라는 걸 알면서도 말입니다.

"어떤 생각이 이 길 위에 서도록 만들었을까?"

참 어려운 질문을 만났다고 생각했습니다. 그런데 의외로 답이 너무 시시했습니다. 과거에 실패로 끝난 경험들이 지금은 실패로 보이지 않는다는 것, 이게 전부입니다.

돌이켜 생각해 보면 저를 지나쳐 간 모든 시간이 내면을 단단하게 만드는 거름이 되었습니다. 당시에 완벽한 실패라고 기록한 순간조차도 자산 목록에 이름이 올랐을 정도입니다. '소중한 것은 눈에 보이지 않는다'라는 어린 왕자의 말이 제 삶에 스며들어 있었고, 어느 순간 모든 것이 끝난 것처럼 느껴져도 어느 것 하나 정확히 끝난 게 없다는 것을 알게 되었습니다.

그 깨달음이 제 마음을 자꾸 부추깁니다.

한번 해 보라고, 뭐라도 얻게 될 거라고 말입니다.
당장 효과가 보이지 않더라도 긍정적인 마음을
유지한 채 계속 걸어가 보라고, 결과에는 신경
쓰지 말고 과정에 온 마음을 다하면 그것으로
제 할 일은 다 한 거라고. 이런 부추김이 싫지
않습니다.

왜냐하면 그 길이 결국 제가 가고 싶은 길이라
는 것을 알기 때문입니다. 시간이 조금 더 흘렀
을 때 삶을 통통 튕겨 낸 느낌이 아니라 온몸으
로 끌어안은 기억을 가지고 싶다는 것을, 지금
이 순간 거의 완벽에 가까운 모습으로 머물고
싶어 한다는 것을 부정하지 않기 때문입니다.

인생은
의도하지 않은 것을 허락할 때
훨씬 자유롭게
살아갈 수 있습니다.

• 윤슬 『살자, 한번 살아본 것처럼』 •

날마다 나아지는 쪽으로

인생이라는 여행은 가끔 예상치 못한 지점에 우리를 내려놓곤 합니다. 가끔은 그럴 때 크기가 커 보이지 않아 약간 만만한 마음이 생겨날 때가 있습니다. 누군가의 도움이나 운에 기대지 않고, 아무렇게는 아니어도 스스로 끝낼 수 있을 것처럼 보입니다. 그러다가 예상을 빗나간 상황이 연출되고 혼자 힘으로 감당할 수 없다는 것을 알게 되면 두려움이 생겨납니다.

'내 힘으로 할 수 없는 거였어.'

'여기까지가 한계야. 더는 무리야.'

저도 비슷합니다. 규모가 크지는 않지만 출판사를 운영하면서 기간을 넉넉하게 잡고 건설적인 방향으로 무게 중심을 옮기며 업무를 처리하고 있습니다. 원고 기획부터 보도자료 작성, 디자인 완성하는 작업, 홍보 및 마케팅, 출간 이후의 행사나 서포터즈 활동까지. 가끔 버거운 느낌이 들기도 하지만 '잘해 보고 싶어'라는 마음에 여기까지 올 수 있었습니다.

하지만 실은 그게 전부는 아닙니다. 최선을 다하고자 노력하고, 스스로 부끄럽지 않은 사람이 되려고 애쓴 것도 분명한 사실이지만, 혼자 힘으로 여기까지 온 것은 아닙니다.

저를 도와준 사람들, 제가 잘해 나갈 수 있도록 곁에서 힘을 보태 준 분들이 있어서 가능했습니다. 그 덕분에 '여기가 한계야'에서 멈추지 않고 계속 걸을 수 있었습니다.

고백하자면 저는 '도움을 잘 받는' 사람이 아니었습니다. 그보다는 '혼자 끙끙 앓는' 사람이었습니다. 어떻게든 혼자 해결해야 한다는 강박 같은 게 있었습니다. '도움이 필요해요', '이 상황을 어떻게 해결하면 좋을까요?'라고 말하는 것은 부끄러운 일이라고 생각했습니다. 나아가 그런 말을 꺼내면 저의 약함과 부족함을 인정하는 것 같았고, 도움을 거절당하는 상황을 상상하면 두려움이 앞섰습니다.

하지만 혼자 힘으로 해결하지도 못하면서 부끄

럽다고, 힘들다고, 두렵다고 계속 피하기만 해서는 아무것도 안 되겠다는 생각에 다다랐습니다. 그래서 조금 더 용기를 내어 솔직해지기로 마음먹었습니다.

"실은 이런 어려움을 겪고 있습니다. 도움이 필요해요"라고 말하는 사람이 되기로 말이지요. 많은 일이 그렇듯 한꺼번에 좋아지지는 않았습니다. 날마다 조금씩 조금씩 나아졌습니다. 그 덕분에 모든 것이 수월해졌고, 결과는 더 반짝거렸습니다. 참 다행이지요.

또한 저는 '모른다'라고 말하는 게 어려운 사람이었습니다. 모른다고 얘기하면 큰일이라도 나는 줄 알았습니다. 그래서 잘 모르면서 아는 것처럼 듣고 있는 날이 많았습니다.

그런 말이 있잖아요. '가만히 있으면 중간은 간다'라는. 차라리 가만히 있는 것을 선택해 중간만 가자고 생각했습니다. 중간이 무엇인지도 모르고 단 한 번도 의심하지 않은 채 말입니다. 이런 부분도 도움을 요청하지 못한 것과 비슷한 맥락에서 출발한 게 아닌가 싶습니다.

모른다고 하는 게 죄는 아닌데 뭔가 잘못을 저지르는 듯한 느낌이 강했거든요. 부끄러움까지는 아니어도 누군가에게 피해를 준다고 생각했던 것 같아요.

돌이켜 생각해 보면 왜 그렇게 겁이 많았는지, 왜 그렇게 무턱대고 겁부터 냈는지 모르겠습니다. 왜 그렇게 세상을 무시무시한 곳으로 이해했는지, 아쉬운 마음이 떠오릅니다. 조금 더 긍정적인 마음으로 호의적으로 바라보아도 괜찮았을 것 같은데 말이죠.

그래서 지금은 가끔 삶이 시큰둥한 모습을 보이거나 덧없는 표정을 지어도 크게 좌절하지 않습니다. 아무것도 모르는 어린아이처럼 도움을 요청하거나, 잘 모르니 얘기해 달라고 말합니다. 그러면 그때마다 한달음에 달려와 주는 분이 계시고, 모르는 것을 찬찬히 알려 주는 분들이 생겨납니다. 참 고마운 일이지요.

제 삶에서 떨어져 나간 고운 것을 하나씩 되찾아 오는 요즘입니다. 당분간 이 마음으로 살아갈 생각입니다.

세상은 혼자 살아가는 곳이 아니라 함께 살아가

는 곳이라는 진리를 몸소 체험하면서 말입니다.

서로가 서로에게 기대어 날마다 조금씩 나아지는 쪽으로 박자를 맞춰 나가는 이런 모습을 두고 '인생은 아름다워'라고 얘기하는 게 아닐까, 중얼거리면서 말이지요.

오늘을 산다

예전에 저는 억울한 감정이 많은 사람이었습니다. "무슨 부귀영화를 누리겠다고?", "노력을 왜 아무도 몰라주는 거야?"라는 식의 말을 자주 했고, 그것으로 부족하면 책임져야 할 대상을 찾기 바빴습니다. 격양된 목소리, 화난 말투로 제가 느끼는 감정을 직접 경험해야 한다고 믿는 사람처럼 말입니다. 단 하나의 사건이나 순간에 대해 모든 것이 끝난 것처럼 표현하고, 결과에 집중했으며, 저를 기분 좋게 하는 말을 해주는 사람만 만났습니다.

그랬던 사람이 제법 많이 변했습니다. 저를 보면 놀랄 때가 있습니다. 마치 같은 삶을 두 번째로 살아가는 사람처럼 보일 때가 있습니다. 대담해졌고, 많이 유연해졌습니다. '내가 무슨 부귀영화를 누리겠다고?'라는 감정적인 말에 뒤엉킨 속마음도 알게 되고, 문제가 아주 크게 다가오더라도, 완전히 끝났다는 식의 말은 하지 않습니다.

어떤 변화가 저에게 있었던 것일까요?
어떤 마음이 더 나은 방향으로 나아가도록 이끌었을까요?

첫 번째는 '오늘을 산다'라는 마음입니다. 과거를 되돌아보면 후회로 가득합니다. 결정적이지 않은 것을 결정적인 것으로 만들고, 제 마음대로 재구성하여 저를 지구 밖으로 밀어낸 기분입니다. 군이 그렇게까지 할 필요가 있었을까, 스스로 날개를 꺾을 필요는 없었는데, 몇 개의 기억이 머릿속에 떠오르면서 아쉬움이 가득합니다. 그때 방향을 바꿨습니다.

현재, 지금 이 순간에 제가 할 수 있는 최선의 것을 선택하자고, 적어도 스스로 날개를 꺾는 사람이 되지는 말자고, '오늘만 산다'라는 마음으로 살아가자고 말입니다.

두 번째는 불확실성과 유연함에 대한 새로운 인식입니다. 들여다보니 저는 완벽한 준비를 통해 좋은 결과를 기대했고, 모든 상황을 통제할 수 있기를 원하는 사람이었습니다. 그래서 상황이 예상대로 흐르지 않으면 불안해하고, 어떻게든 원하는 결과를 만들려고 애썼습니다. 그게 함정이었습니다. 저도 모르게 몸과 마음, 생각이 굳어버렸거든요. 어떤 상황에서도 '이렇게 되어야 한다'라는 고정관념을 버리지 않으면, 새로운 선택이나 시각을 가질 수 없다는 것을 그때 깨달았습니다.

마지막은 저의 무지를 인정하는 것이었습니다. 모든 상황을 대비할 수 있다는 생각은 착각이며, 문제였습니다. 상황에는 늘 변수가 존재하고, 제가 할 수 있는 것과 없는 것을 구분해야 했습니다. 평생 배움, 평생 학습이라는 말은 저를 위한 말이었습니다. 그러면서 소크라테스의 가르침이 떠올랐습니다.

"아, 내가 나를 너무 몰랐구나."

오늘도 저는 배우는 사람이 되려고 노력하며, 매일 조금씩 성장하는 데 초점을 맞추고 있습니다. 어깨의 남은 긴장을 모두 풀어내기 위해서 말입니다. 오늘을 사는 사람, 오늘만 사는 사람, 어떻게 불리든 상관없을 것 같습니다. 결국 같은 길 위에 서 있습니다.

다만 한 가지, '오늘을 살지 않았던 과거'에 대한 아쉬움이 가끔 떠오를 때가 있어 '사는' 대신 '즐기는'으로 바라보려고 조금 더 노력하고 있습니다.

2부

글쓰기에 진심입니다

똑같은 일을
20년 동안 하고 있습니다

제가 블로그를 처음 접한 것은 2004년입니다. 30년 가까이 살던 울산을 떠나 남편이 있는 대구에 오고 서너 달 지났을 무렵입니다. 직장 생활 초기였던 남편은 누구보다 일찍 출근해 누구보다 늦은 시간까지 열심히 일했습니다.

그런 남편이 이른 아침에 출근하고 나면 저에게는 자유시간이 주어졌습니다. '꼭 해야 하는 것'은 없었습니다. 그저 늦은 시각 남편이 돌아올

때까지 '잘 지내면 되는 것'이 유일한 과제였습니다. 그야말로 혼자 잘 먹고, 잘 놀고, 잘 쉬기였습니다. 지금껏 혼자 잘 먹고, 잘 놀고, 잘 쉬기를 해 본 적이 단 한 번도 없는 사람에게 갑자기 너무 많은 시간이 주어졌습니다. 울산에서 하던 일도 대구로 오면서 재택근무로 바뀌었고, 업무도 절반 이하로 줄어들면서 진짜 남는 게 '시간'뿐이었습니다.

그런데 시간적 여유라는 것도 뭔가 하고 싶은 게 있거나 꼭 필요한 상황에서 효력을 발휘하는데, 그런 게 없는 저에게는 오히려 시간적 여유가 힘든 일이었습니다. 아파트 옆 작은 동산을 잠시 걷다가 마트에서 장을 보고 집으로 돌아와도 거실의 그림자는 제자리걸음이었습니다.

책을 읽고, 방 청소까지 끝내도 점심을 먹으려면 조금 더 기다려야 했습니다. 아는 사람이 단한 명도 없는 곳에 뚝 떨어진 상태라 만날 만한 사람이 없다는 것이 결정적이었습니다. 그렇게 시간을 보내다가 남편이 퇴근하고 집에 오면 그때부터 수다쟁이가 되었습니다. 갑자기 말문이 트인 아이처럼 말이지요. 대안이 없기는 남편도 마찬가지였습니다. 그렇게 별다른 방법을 찾지 못한 채 버티기 아닌 버티기를 하던 중 우연히 발견한 게 '네이버 블로그'였습니다.

학교를 졸업할 때 닷컴 열풍이 불어 관련 분야로 취업한 사람이 많았고, 저 또한 전산팀에서 근무한 경력이 있지만 사실 컴퓨터에 그리 관심이 없었습니다. 동생들이 컴퓨터 게임을 해도 먼 산 불구경하듯 했습니다. 왜 사서 고생을 하는지 도무지 이해되지 않았습니다. 저는 일을 하기 위해 컴퓨터 전원을 켜고, 업무가 끝나면 곧바로 전원을 끄는 사람이었습니다.

그런데 그날은 무슨 이유에서인지 컴퓨터로 여기저기 기웃거렸던 모양입니다. 그러다가 우연히, 정말 우연히 네이버 블로그를 발견했습니다. 호기심으로 몇 줄 끄적거렸는데, 그게 블로그 글쓰기의 시작이었습니다. 우연이라면 우연이고, 운명이라면 운명이 아니었나 싶습니다.

당시 한창 시집을 좋아할 때라서 시를 읽다가 마음에 드는 구절을 블로그에 메모처럼 남겼습니다. 몇 줄 되지도 않았습니다. 에세이를 읽다가 마음에 드는 페이지를 발견하고는 괜히 혼자 들떠 몇 글자 두드린 게 대부분입니다. 누군가의 글을 공유하기도 하고, 드라마나 영화를 보고 비평가라도 된 듯 아주 가끔 소감을 남긴 적도 있습니다. 당연히 그때는 모든 글을 비공개로 썼습니다. 부끄러웠거든요. 글이라 할 수도 없는 것을 누가 볼 수도 있다고 생각하니 걱정이 앞섰습니다. 요즘 제가 글쓰기 강의를 하면서 가장 자주, 많이 언급하는 '용기'가 부족했던 것입니다.

지금이라면 누구의 시선도 신경 쓰지 않고 오롯이 '글은 쓰는 사람을 위해 가장 먼저 쓰인다'라는 위엄을 자랑하며 두 눈을 질끈 감고 공개했을 텐데, 그때는 그러지 못했습니다. 정말 아주 가끔, 간이 배 밖으로 나온 날 혹은 용기가 외출한 날 한두 줄 아니면 몇 줄 조심스럽게 내미는 게 전부였습니다.

그런데 참 이상하지요. 그런 용기를 유심히 지켜봐 준 분이 계셨으니 말이에요. 블로그에 글을 쓰고 2년 정도 흘렀을까. 어느 날 출판사로부터 한 통의 전화가 걸려 왔습니다.

"에세이책 출간하지 않으실래요?"

제가 스물 몇 살부터 신춘문예와 공모전에 열심히 응모하고 있다는 것을 어떻게 알았을까요. 맨날 떨어져서 이제 안 되나 보다 하고 포기한 걸 글에 적었던 걸까요. 복잡한 생각과 함께 여러 감정이 머릿속을 헤집고 다녔습니다. 그러면서도 가슴 한구석에서는 이번 기회를 놓치고 싶지 않다는, 부족한 글이지만 세상으로 내보내고 싶다는 욕망이 반복적으로 마음을 간지럽혔습니다.

사실 얼른 출간하고 싶다고 말하고 싶었지만, 진짜 그렇게 해도 괜찮을까 싶은 생각에 이러지도 저러지도 못하고 있었습니다. 그러다가 며칠이 지난 주말 아침, 출판사로 전화를 넣었습니다.

"저, 출간하고 싶습니다."

그렇게 발을 디딘 글쟁이의 삶이 오늘에 이르렀습니다. 요즘은 블로그 글쓰기를 넘어 책에 들어갈 원고를 쓰고, 원고를 완성하는 것을 넘어 책을 만들고 있습니다. 그뿐만이 아닙니다. 책 만드는 것을 넘어 함께 책을 만들어 보자고 부추기는 역할을 하고 있습니다. 햇수로 거의 이십 년이 되어 가네요.

그 세월 동안 한 번도 자리를 떠나지 않고 자판을 두드렸다는 사실이 새삼 놀랍게 다가옵니다.

언젠가는 블로그 생활 20년이 아니라, 블로그 생활 30년이 되겠지요. 그 시간 속으로 어떤 것이 끼어들지 잘 모르겠습니다. 증명하기 위해 글을 쓰는 것도 아니고 생존 수단으로 책을 만드는 것도 아니기에, 해야 한다고 여기는 것과 하고 싶은 것을 자유롭게 오갈 생각입니다. 다만 한 가지 분명한 것은 20년 전에도 했고, 10년 전에도 했고, 1년 전에도 했고, 어제도 한 일을 오늘도 하고 내일도 할 거라는 사실입니다.

왜냐하면 저는 삶이 투영된 글을 쓰고 싶은 '글쟁이'이거든요.

세상과 보폭(步幅)을 유지하고,

나만의 보법(步法)을 잊지 않기 위해,

뚜렷한 목표와 체계는 없지만

확장하는 삶을 살기 위해,

오늘도 나는 글을 쓴다.

· 윤슬 『글 쓰는 엄마』·

잘하는 일, 좋아하는 일

"잘하는 일을 해야 할까요, 아니면 좋아하는 일을 해야 할까요?"

인문학 강연에서든, 모임에서든, 학교 강의에서든 여러 번 듣게 되는 질문입니다. 아마 이렇게 자주 듣는다는 것은 그만큼 간절하다는 의미일 것입니다. 또한, 그만큼 정답을 말하기 어렵다는 뜻도 될 것 같습니다. 어떤 대답이 좋을지, 저 또한 많이 고민했습니다.

크든 작든 누군가의 결심이나 선택에 영향을 줄수 있으며, 저 자신에게도 중요한 질문이었기에, 오랜 시간이 필요했습니다.

"좋아하는 일을 해야 할까요?"

한때는 저도 좋아하는 일을 해도 된다고 말했습니다. 좋아하는 일이라면 오래 할 수 있고, 힘들어도 견딜 수 있으니, 조금 무모해 보여도 도전해 보라고 조언했습니다.

하지만, 이 선택에는 분명한 약점이 존재합니다. 생계, 그러니까 먹고사는 문제가 생길 수 있습니다. 저도 지금은 글을 쓰고 책을 만드는, 제가 좋아하는 일을 하고 있다고 조심스럽게 얘기할수 있지만, 학교를 졸업하고 한참 동안 숫자로 생계를 유지하던 사람이었습니다. 전산 업무를 하고, 엑셀로 보고서를 만들었습니다. 다만 한 가지, 월급의 일정 금액을 떼어 책을 사거나 나중에 제가 좋아하는 일, 원하는 일을 위한 돈을 모았습니다. 그러니까 오늘을 살아내면서 내일을 기다렸습니다.

"잘하는 일을 해야 할까요?"

잘하는 일을 할 수 있다면 가장 이상적입니다. 잘하는 일을 하면서 살아간다는 것은 멋진 일입니다. 보통 잘하는 일은 좋아하는 일과 연관이 깊습니다. 그래서 잘하면서 좋아하는 일을 찾으려고 노력합니다. 하지만 '잘'이라는 것은 상당히 추상적이고, 굉장히 애매합니다.

비교를 통해서 자리를 차지하는 경우가 많아 늘 유동적이고, 심각한 경우에는 하루아침에 자신감이 사라지는 경우도 여러 번 보았습니다. 그뿐만이 아닙니다. 이렇게 말하는 사람도 있었습니다.

"사실 좋아하는 일은 따로 있어요. 지금 하는 일은 생계형이라고 할 수 있죠…"

아이러니한 일이 아닐 수 없습니다. 누군가에겐 평생을 두고 이어 나가고 싶은 일이 누군가에게는 생계형에 불과하다니 말입니다. 좋아하는 일을 하는 사람이든, 잘하는 일을 하는 사람이든, 모두 고민과 걱정이 존재하는 것 같습니다. 가장 아름다운 모습은 잘하는 일과 좋아하는 일이 적절히 조화를 상태일 것입니다.

그래서 생각해 낸 방법이 '일'이 아니라 '역할'에 집중하는 것이었습니다. 글쓰기를 좋아한다면 꼭 작가가 아니더라도, 자신의 업무에서 글을 쓰는 역할을 찾아보면 어떨까요? 소통의 어려움을 잘 해결하는 사람이라면, 부서에서 소통의 창구 역할을 맡아보는 것입니다. 그렇게 하면 생계를 유지하면서도 좋아하는 일을 하는 게 되지 않을까요?

"좋아하는 일을 해야 할까요, 아니면 잘하는 일을 해야 할까요?"

어쩌면 우리는 질문 자체를 바꿔야 할 필요가 있는지도 모르겠습니다.

"행복해지기 위해서는 일을
어떻게 접근해야 할까요?"

"지금 하는 일에서
행복을 느낄 수 있는 역할은 무엇일까요?"

삶에
아름다움을 더합니다

보통 예술은 번뜩이는 아이디어로 끝나기보다
는 반복적인 연습과 훈련이 필요한 경우가 대부
분입니다. 그래서 아주 천재적인 사람을 제외하
고는 의식적인 훈련을 진행합니다.

글쓰기도 똑같습니다. 단순히 아는 단어를 나열
하고, 자기의 생각이나 감정을 전달하는 것으로
끝나는 게 아닙니다. 이를 통해 다른 세계를 소
개하고, 필요한 경우에는 자신의 세계를 깨뜨리

기도 해야 합니다. 그러니까 창조라고 할 만한 일을 펜 하나로 종이 위에서 펼쳐 내야 합니다.

그뿐만이 아닙니다. 예술가가 다양한 재료를 활용해 아름다움을 추구하거나 쾌감을 선물하는 것처럼 글을 쓰는 사람도 다양한 단어를 풍성하게 활용해 아름다움을 추구해야 합니다. 단 하나의 주제, 단 하나의 스타일을 고집하기보다는 자연에 인위적인 요소를 더하고, 관념에 행위를 동반하는 방식의 신선함을 기억해야 합니다.

언젠가 강연에서 이런 이야기를 들었습니다. 예술은 현실성이 떨어질수록 좋은 것이며, 상상력을 바탕으로 뻗어 나가야만 작품이 된다고 말입니다. 그러면서 마무리에 강연자가 목소리에 힘주어 여러 번 반복한 말이 있습니다.

작품이 된다는 것이 현실과 동떨어져져서는 안 된다는 것입니다. 왜냐하면 예술은 현실을 제 마음대로 해석하고 감정적으로 받아들이는 것을 돕기 위함이 아니기 때문입니다.

현실의 어느 단면을 보여 줌으로써 다양한 세계관을 공유해야 한다고, 인생이라는 말로 뭉뚱그릴 게 아니라 사람을 소개해야 한다고 말했습니다. 그 얘기를 들으면서 다시 한번 '역시 글쓰기는 예술이야'라고 생각했습니다. 왜냐하면 저도 용기 내어 글을 써 내려가면 된다고 얘기하지만, 그게 감정적으로 해석하고 정리해도 된다는 의미는 아니었거든요.

글쓰기는 예술 활동입니다.

고유한 개성을 드러내는 한 편 한 편이 작품입니다. 그래서 매일 글을 쓴다는 것은 매일 예술 작품을 만드는 행위이며, 매일 자기 삶에 아름다움을 더하는 것입니다. 제 마음대로 해석하고 끝내는 것이 아니라, 저마다의 감정과 경험을 공유해 다양한 세계관을 인정하는 사회의 구성원으로 살아가겠다는 다짐이기도 합니다.

예술가가 되는 가장 쉬운 방법은 종이 위에 단 한 줄이라도 적는 것이라고 얘기하면, 항의가 빗발칠까요?

거의 매일 씁니다

늦은 밤, 혹은 이른 새벽에 어떻게든 포스팅 원고를 완성하려고 합니다. 처음에는 블로그 홍보를 위해 시작한 '1일 1포스팅'인데, 이제는 거의 밥을 먹는 것만큼이나 자연스러운 일이 되었습니다. 그래서 이런저런 궁리를 하면서 필사적으로 매달립니다. 머릿속에서 떠나지 않는 생각, 계속 잔상이 남아 눈앞에 재현되는 모습, 해결되지 않은 감정을 일일이 들춰 보고 나만의 언어로 풀어내기 위해 자판을 두드립니다.

단숨에 종이 한 장을 채우는 날도 있지만, 사실 그런 날은 많지 않습니다. 수시로 가다 서기를 반복합니다. 감정이나 생각이 들쭉날쭉하면서 날 것의 단어만 떠오를 뿐 끝내 완성하지 못할 것 같은 기분에 사로잡히는 날도 더러 있습니다. 그래도 어떻게든 마침표를 찍으려고 노력합니다.

도저히 안 되는 날에는 '나중에 퇴고하면 되잖아?'라며 고개를 돌린 채 발행 버튼을 누르기도 합니다. 왜냐하면 냉정하게 얘기해서, 온 힘을 쏟아부었는데 더 진도가 나가지 않으면 현재 제 수준이 딱 여기까지라는 의미거든요.

좋은 기회를 만나 첫 번째 책을 출간한 것이 2006년입니다. 지금 생각해 보면 '정말 용감했다'라는 말밖에 나오지 않습니다.

저는 '첫' 책이 지닌 진짜 의미를 첫 책을 내고
난 이후에 알았습니다. 첫 책을 내느냐보다 '이
어 갈 수 있느냐'라는 더 중요한 질문을 만났거
든요. 본질적인 것을 추구하기보다는 제 눈에
들어온 것을 글로 옮기기 바빴고, 복잡한 것을
순식간에 단순화했으며, 어떤 기분인지 잘 모르
는 것에 대해서는 제 기분에 기대어 정리하는
게 전부인데 이대로 괜찮을지 진지하게 걱정되
기 시작했습니다.

주변에 비슷한 형태의 삶을 사는 사람도 없고,
도움받을 곳도 마땅히 없었습니다. 그런데 이상
하게도 그렇게 마음이 복잡하고 고민이 깊어 힘
들 때 항상 컴퓨터 앞에 앉아 있었습니다.

자판에 두 손을 올리고 모니터를 응시한 채 말이죠. 그러면서 다음 책을 내고 싶은 이유가 무엇인지, 글을 쓰는 게 어떤 의미로 다가오는지 은밀하게 고백하고 있었습니다.

이십 년 가까운 세월을 이런 식으로 흘러왔고, 오늘도 똑같은 상황이 연출되고 있습니다. 나를 구하고 싶다는 생각, 숨을 쉬고 싶다는 마음에 정신을 차리면 컴퓨터 앞에 앉아 있습니다. 어떻게든 컴퓨터 앞에 앉으려는 이유가 이 이유 하나 때문만은 아닙니다. 개인적으로 글쓰기 훈련이라면 훈련, 실천이라면 실천을 하는 것이기도 합니다.

하지만 무엇보다 가장 큰 수확은 글을 쓰는 동안 저 자신이 더는 결점투성이나 문제아로 느껴지지 않게 된 것입니다. 아주 가끔은, 제법 괜찮은 사람으로 보이기도 합니다. 아픔이나 슬픔이 아닌 희망과 긍정을 말하고, 어디에서 왔는지 모르지만 어디로 가야 하는지는 분명하게 아는 사람처럼 여겨지는 순간도 많아졌습니다. 글을 쓰기만 하는데 마음이 말썽부리는 일이 현저하게 줄었고, 뒤죽박죽 상태의 혼합물이 들어오더라도 재구조화 작업을 거쳐 새롭게 정의하는 게 한층 쉬워졌습니다. 글을 다듬기 위해 노력하면 생각과 마음도 함께 다듬어지는 기분입니다.

오늘 아침에도 어렵게 마침표를 완성했습니다. 마땅히 해야 할 일을 해냈다는 사실이 제가 잘 가고 있다는 메시지로 들려 정서적 안정감을 선물합니다. 참 다행입니다.

글은
글을 쓰는 사람을 위해
가장 먼저 쓰입니다.

· 윤슬 『글쓰기가 필요한 시간』 ·

독자들이 원하는 것

글을 쓰는 사람 중에서 자신감 100%로 글을 쓰는 사람이 얼마나 될까요. 언젠가 어떤 분이 저에게 그런 말을 한 적이 있습니다.

"작가님은 좋겠어요. 부담 없이 술술 쓸 수 있어서."

절대 아닙니다. 그 말은 틀렸습니다. 저도 똑같습니다. 자제해야 하는 것을 자제하지 못하고, 조금 더 내달려야 하는 부분에서 스스로 꼬리를 내린 적이 많습니다. 한 문장을 완성하고, 한 문단을 마무리하고, 마지막 마침표를 찍으면서도 무언가를 기다리는 사람처럼 늘 조바심을 느낍니다. 고민도 다르지 않습니다.

'무슨 말을 하는지 모르겠다고 하면 어떡하지?'
'내가 하고 싶은 이야기만 하는 것은 아닐까?'
'혼자 잘난 것처럼 보이면 어떻게 하지?'
'나만의 권위를 내세우는 것은 아닐까?'

그래서 전하는 얘기입니다. 그 마음을, 그 순간의 기분을 누구보다 잘 알기에.

'글쓰기는 8할이 자신감입니다.'
'글쓰기는 용기를 배우는 가장 건강한 방법입니다.'

첫 문장을 쓰는 데 엄청난 용기가 필요한 사람이 있습니다. 애써 움켜쥐고 있는 자신감을 지켜 내지 못하고 놓아 버리는 경우도 더러 보았습니다. 글을 쓰는 내내 불안하고, 의심이 가득합니다.

한 편을 완성했다는 기쁨도 잠시, 홀가분한 마음과 함께 걱정과 후회가 밀려옵니다. '정말 이대로 끝내도 되는 걸까?' 그래서 드리는 얘기입니다. '지금 이대로 끝내도 됩니다'라고, '나중에 자신감을 키워서 글쓰기를 시작해야지'라는 마음을 밀쳐 내시라고 말이지요.

차라리 한 줄이라도 더 쓰고, 한 편이라도 더 완성하는 게 현명한 방법입니다. 쉽게 느껴진다는 것은 그만큼 익숙해졌다는 의미입니다.

그때까지, 쉽게 느껴질 때까지 계속 써 보는 게 가장 좋은 방법입니다. 물론 많이 쓰기만 한다고 모든 문제가 해결되는 건 아닙니다. 하지만 적어도 자신감이 문제라면 '익숙해지는 것'이 최선입니다. 왜냐하면 무엇이든 익숙해지면 쉽게 느껴지거든요.

그렇게 해서 글을 쓰는 게 익숙해졌다면, 그때부터는 조금 다른 방향에서 '익숙해지기 위한' 노력이 필요합니다. 감정과 생각을 정리하는 것에 자신감이 붙었다면 지금부터는 약간 비판적인 시각으로 연구해야 합니다.

내 글이 지닌 강점이 무엇인지, 약점이 무엇인지, 어떤 스타일의 글을 쓰는지, 전개 방식이 밋밋하지는 않은지, 좀 더 섬세한 단어는 없는지

등에 관해 학습자의 모습을 갖추어야 합니다. 물론 그 과정에서 약간 위축될 수도 있고, 두려움이 생길 수도 있습니다. 하지만 위축될 필요도 없고, 두려워할 필요도 없습니다. 그럴 때는 "인간은 노력하는 한 방황한다"라는 괴테의 말을 떠올려 보세요. 노력하니까, 나아지려고 하니까, 그래서 힘이 드는 겁니다.

하지만 아무리 아름답게 설명한다고 해도 글쓰기는 결코 쉽지 않습니다. 한 발짝만 내디딘 상태에서 써야 하는 글도 있지만, 열 발짝 나아가 써야 하는 글도 있기 때문입니다. 희망을 얘기해야 할 때도 있지만, 포기도 선택이라는 말을 건네야 할 때도 있습니다. 그렇다 해도 '글쓰기는 어렵다'라는 말로 한꺼번에 뭉쳐서 표현하지 않으면 좋겠습니다.

수십 년 경력의 조종사에게도 비행은 어려운 일입니다. 프로게이머가 오늘 게임에 이겼다고 다음 게임도 이길 수 있다고 말하는 모습을 본 적이 없습니다. 많은 사람이 어떻게든, 아니면 어쩌다가 시작한 일에 열렬히 매달리면서 시간을 쏟아붓고 극복하면서 나아갈 뿐입니다.

글쓰기의 8할은 자신감입니다. 그리고 자신감은 '용기'를 먹고 자랍니다. 독자의 감수성을 건드려 행간 사이를 떠나지 못하게 하는 글을 쓰려면 '강렬함'과 '섬세함'이 필요한데, 강렬함과 섬세함은 용기가 뒷받침될 때 진짜 모습을 드러냅니다.

실패한 일을 성공한 것으로 꾸밀 게 아니라, 사진을 찍으면서 다른 사람에게 어떻게 보일지 걱정이라고 고백할 수 있어야 합니다. 다들 괜찮다고 말하지만 내게 폭력적으로 다가온 부분을 생생하게 표현하고, 가장 밑바닥에 있는 감정을 드러낼 수 있어야 합니다. 왜냐하면 진솔하고 솔직한 이야기에 독자의 마음이 움직이기 때문입니다.

독자들이 원하는 것은 영원히 승자가 되는 방법이나 영원히 죽지 않고 살아갈 방법을 찾는 게 아닙니다. 이 순간 자신에게만 생겨난 것 같은 문제를 해결하기 위한 실마리를 찾거나, 감정을 다독이기를 원할 뿐입니다. 스스로 이상한 사람이 아니라는 것을 확인받고 싶을 뿐입니다.

거듭 얘기하지만, 글쓰기는
시작도 용기이며 마무리도 용기입니다.

인생은 '고요한 밤'이 아니라
'질펀한 밥'에 더 가깝다.
글쓰기는 질펀한 밥 한 그릇 후에 마시는
한 모금의 물과 같다.

글쓰기는 삶을 껴안는 방법이며,
삶을 사랑하는 새로운 방법이다.

· 윤슬 『글쓰기가 필요한 시간』 ·

글은 무엇이라도 하게 만들어요

"제가 개인적으로 매우 어려운 시기를 겪고 있었어요. 우울증, 공황장애로 병원에 다니고 있었는데, 그때 지인이 저에게 일기를 써 보라고 권유했어요. 지금 생각해 보면 저에게는 구원의 손길이었어요. 우연히 시작한 일기 쓰기를 지금도 하고 있으며, 그 사실이 저를 이곳으로 이끌었어요."

많은 분이 그분의 고백에 고개를 끄덕였습니다.

다들 수긍하는 모습이었습니다. '저도 그래요', '저도 그렇게 시작했어요.' 그러면서 모두 불안, 우울, 걱정, 슬픔 같은 삶의 어두운 표정을 만났을 때 복잡하게 얽힌 매듭을 풀어내는 데 글쓰기가 도움이 되었다고 했습니다. 확실히 글에는 어떤 힘이 있는 것 같습니다.

도대체 글에는 어떤 힘이 있는 걸까요.

글쓰기를 오래 지속하는 과정에서 스스로 확인한 것도 있고, 글쓰기를 통해 삶의 변화를 경험했다는 분의 고백도 그렇고, 눈에 띄는 몇 가지가 있습니다. 우선 글은 마음을 열어 주는 역할을 합니다. 낯선 세계를 향해 조심스럽게 문을 열고 들어가도록 도와줍니다.

어떤 때는 자신의 세계를, 어떤 순간에는 누군가의 세계를 향해 스스로 알아차리기도 전에 몸이 빨려 들어가는 경험을 하게 합니다. 그러다가 정신을 차리면 그 안에서 숨 쉬고, 웃고, 울고 있음을 발견하게 됩니다. 글에는 마음을 향해 미소 짓게 만드는 힘이 있습니다.

두 번째, 글에는 변화의 힘이 있습니다. 장르에 따라 다를 수도 있지만, 누군가의 글을 읽다 보면 열정에 불이 붙거나 새로운 아이디어가 번뜩일 때가 있습니다. 영감이 떠오르면서 창조적인 생각이 마구마구 쏟아지기도 합니다. 글을 쓸 때도 비슷한 상황이 연출되는데요. 머릿속의 주름이 하나씩 펴지면서 몸 안에 새로운 에너지가 만들어지는 기분입니다. 글에는 나와 내 삶을 연결하는 힘이 있습니다.

마지막으로 글은 궁극적으로 성장을 향합니다.

문자 시대나 역사 시대라는 표현에서 알 수 있듯이 인류는 글을 바탕으로 지금 여기에 이르렀습니다. 글을 쓴 사람이 있었고, 글을 보관한 사람이 있었고, 글을 전한 사람이 있었습니다. 덕분에 우리는 이전보다는 조금 더 나은 선택과 방향을 고민할 수 있습니다. 시시한 것을 소중하게 다루고, 사소한 것을 위대한 것으로 새로고침했습니다.

우리는 모두 사람이라는 것과 저마다의 삶을 살고 있다는 공통 분모를 가지고 있습니다. 항상 누군가와 함께할 필요는 없지만, 혼자 살아갈 수도 없습니다. 자기 혼자만 멋진 모습을 가졌다고 아름다운 삶이 완성되는 것도 아닙니다.

미래를 얘기하지만 마지막 모습을 장담할 수 없는 존재입니다.

하지만 자신을 얽매는 족쇄를 풀고, 날개를 달아 변화와 성장을 향해 날아오르고 싶다는 마음은 다르지 않습니다. 모두 아무런 노력 없이 어떤 것을 기대하는 게 아니라 적어도 올바른 방향으로 나아가려고 몸을 움직입니다. 그런 순간에 가장 잘 어울리는 게 글이라고 생각합니다. 그러니 약간 자신만만해져도 좋을 것 같습니다.

글을 읽는 사람이라는 자부심, 글을 쓰는 사람이라는 사명감으로 말이지요.

글쓰기가
너무 어렵게 느껴진다면

글쓰기 수업 시간이든, 책을 만드는 과정이든 팀원들이 글을 쓰는 동안 저도 자판을 두드립니다. 간결함을 위해 수정 작업을 하거나 가장 안쪽의 날것을 어떻게든 밖으로 끄집어내는 작업을 합니다. 극복해야 할 게 있다면 극복해 보겠다, 깨달아야 할 게 있다면 그것이 무엇인지 끝까지 가 보겠다는 마음으로 덤벼듭니다.

깎아 내야 한다면 깎아 내고, 구부려야 한다면

최대한으로 몸을 구부려 생명을 살리는 의사처럼 모니터를 쳐다봅니다.

지금껏 글을 쓰면서 여러 층위의 감정을 경험했습니다. 기억을 더듬어 보면 초기에는 억지로 몸 안에 뭔가를 밀어 넣는 기분을 느꼈습니다. 약간 과장하거나 일부러 갖다 붙이는 것 같았습니다. 하지만 요즘은 순식간에 몸이 화면 속으로 빨려 들어가는 기분입니다. 주변의 공기가 바뀌면서 경계가 만들어지고, 국경을 넘은 것처럼 느껴집니다. 가끔은 그 모습이 신기해 스스로 놀랄 때가 많습니다. 그러면서 찾아낸 말이 있습니다.

"이번 생에 나를 살릴 방법을 찾았어!"

누가 있든, 혼자 있든 글을 쓰는 동안 몰입 상태

를 경험합니다. 몰입할 수 있는 것을 찾겠다는 마음도 아니었는데, 자연스럽게 이렇게 되었습니다. 매일 글을 쓰는 사람, 혼자 글을 계속 써 가는 사람, 저를 설명하는 또 다른 이름입니다. 그런 저에게 글쓰기와 관련해 궁금한 게 많았던 모양입니다. 어느 날, 아주 진지한 얼굴로 저에게 이렇게 물었거든요.

"혼자 몰입해서 글을 써야 하는데 왜 저는 그게 안 될까요?"
"혼자 글을 쓰면 잘 써지지 않아서 걱정이에요."

그럴 때마다 저는 대답합니다. 절대 이상한 게 아니라고, 겉멋으로 살아가는 게 아닐까 염려하지 않아도 된다고 말입니다. 왜냐하면 지금은 습관이 생긴 것 같다고 자신감을 내보이지만,

저도 처음에는 그렇지 않았습니다. 저도 툭하면 이런 말을 내뱉었습니다.

"글쓰기에 관심 있는 사람이 한 명이라도 있으면 좋겠어."
"모여서 같이 글을 쓰고 나누면 정말 재밌겠다."

단 한 명이라도 좋으니, 어떤 형태의 그릇인지를 떠나 나만의 단어를 그릇에 담는 과정을 공유하고 싶었습니다. 첫 책의 에필로그를 완성한 후, 두 번째 책의 프롤로그를 시작해 보라는 응원의 메시지를 얻고 싶었습니다. 아마 그때의 마음을 기억하기에 글쓰기 수업을 개설한 건지도 모르겠습니다. 함께 글을 쓸 사람이 있다는 것은 참 근사한 일이거든요. 동지가 있다는 사실만으로 텅 비어 있던 공간이 순식간에 따뜻한

놀이터가 되거든요.

그러니 글쓰기가 어렵게 느껴진다면, 고양이 걸음으로라도 경계를 넘어 보고 싶다면 글쓰기 동무를 찾아 보세요. 온라인도 좋고, 오프라인도 좋습니다. 글쓰기 모임에 참여하는 것도 괜찮고, 아니면 이참에 글쓰기 모임을 만들어 봐도 멋질 것 같아요. 인디언 속담처럼, 함께하면 멀리 갈 수 있답니다.

눈앞에서 사라지는 게
아까워요

어떻게든 글을 되살려 보겠다고 애쓰지만, 길이 막혔다는 기분이 들 때가 있습니다. 앞으로 나아가기는커녕 연결 고리조차 보이지 않을 때가 생겨납니다. 그럴 때 저는 메모장을 펼칩니다. 허기진 배를 채우는 데는 메모만 한 게 없습니다. 여러 번 메모의 도움을 받아서인지 저는 여기저기 낙서하듯 메모하는 버릇이 있습니다.

메모의 장점은 상당합니다.

앞서 이야기한 것처럼 뭔가 막힌 느낌이 들 때, 아이디어가 필요할 때, 반듯한 글씨체가 아니더라도 메모해 둔 내용의 도움을 받으면 어떻게든 한 편이 완성됩니다. 꼭 무언가를 바로잡거나 세상을 놀라게 할 정도까지는 아니어도, 해결하지 못하고 지니고 있던 무언가를 떠나보내는 기분이 듭니다.

어떤 날에는 글을 쓰기 전에 일부러 메모장을 펼쳐 놓고 기웃거리기도 합니다. 조금 더 적절한 소재나 내용이 없는지 찾아봅니다. 허술하게 쌓아 올린 날것이 아니라 마침표 또는 쉼표가 눈에 들어오기를 희망하면서 말이지요. 왜냐하면 메모는 눈앞에서 사라지는 것이 아까워 급한 마음으로 휘갈겨 쓰다 보니 정확한 인과관계를 설명하기 어려운 게 많거든요. 그러다 보니 어떤 날에는 글을 쓴 시간보다 메모장을 뒤적이는 데 더 많은 시간을 쏟기도 합니다.

하지만 그 덕분에 창문 너머로 어떤 일이 벌어지고 있는지 얘기할 수 있고, 존재하지 않은 것을 존재하는 것처럼 그려 낼 수 있게 되었습니다.

굳이 글쓰기에 한정하지 않더라도 메모는 매력적인 도구입니다. 순간적인 감정이나 생각, 경험을 기록하는 동안 뭔가 적극적으로 삶에 관여하는 기분이 들거든요. 평소 찬찬히 자기의 얼굴을 뜯어보는 일이 없는 까닭에, 아주 잠깐이지만 무심하게 하루하루를 보내지 않는다는 안도감을 선물하기도 합니다. 그래서 어떤 날에는 글이 아니라 메모할 것을 찾아 걸음을 멈추기도 합니다.

이런 제가 메모 예찬론자처럼 보이는지 언젠가 이런 질문을 받았습니다.

"작가님은 주로 어떤 것을 메모하세요?"

저는 평소 일상에서 관심 있게 바라보는 것, 자꾸만 시선이 가는 것을 소재로 삼습니다. 순간적으로 감동이 밀려오거나 의구심이 생기는 일, 충격적이거나 낯선 감정을 마주하면 서둘러 메모합니다. 숨겨진 이야기는 없는지, 애써 무심한 척하는 이유가 무엇인지 궁금해하면서 말입니다.

어떤 날에는 유튜브를 보거나 자료 조사를 하다가 급하게 종이를 펼치거나 핸드폰 메모장을 열기도 하는데, 화면 속도를 감당하기 어려우면

화면을 캡처하기도 합니다. 그러니까 메모에 대해서는 이렇게 해야 한다는 게 따로 없습니다. 그저 눈앞에서 사라지는 것을 붙잡아 둘 수 있으면 충분합니다.

글마다
스타일이 있어요

책을 읽으면 목적에 따라 글이 다르게 쓰였다는 것을 알 수 있습니다. 스타일이라면 스타일, 방식이라면 방식인데, 굉장히 중립적으로 잘 쓴 글이 있는가 하면 정보를 잘 전달하는 글도 있습니다. 감정 이입을 통해 눈물샘을 자극하는 글도 있습니다.

방향에 따라 서로 다른 모습인데, 딱 한 가지 공통점이 있습니다. 독자가 원하는 것이 무엇인지 정확하게 알고 있고, 어느 장면에 독자를 세워 놓겠다는 분명한 목표가 느껴진다는 점입니다.

어떻게 하면 그런 솜씨를 발휘할 수 있을까, 혼자 많이 연구했습니다. 이번에는 그 이야기를 해 보려고 합니다.

우선 중립적으로 잘 쓴 글은 논리적인 글입니다. 저자가 주장하고자 하는 바를 발견하는 게 어렵지 않습니다. 물 흐르듯이 읽다 보면 '이 말을 하고 싶었구나'라는 게 느껴집니다. 근거도 풍부하고, 문단과 문단이 매끄럽게 연결되면서 개연성이 느껴집니다. 흔한 말로 자료 조사를 엄청나게 한 것입니다.

다만 이런 글에서는 감정적인 표현을 발견하기

어렵습니다. 그러니까 설득을 위한 논리를 연구하지, 감정에 호소할 생각은 애초에 없는 것입니다.

새로운 정보를 전달하는 글은 굉장히 사실적입니다. 말 그대로 사실을 중요시하기 때문에 사건이나 상황, 사실, 정보에 대한 정확성이 사느냐 죽느냐를 결정합니다. 이런 글은 사실을 뒷받침할 수 있는 보고서, 기사, 논문 같은 자료를 최대한 '숫자적'으로 접근하고, 표현도 아주 간결합니다. 불필요한 오해를 줄이고, 글에 대한 신뢰감을 높이는 전략으로 다가갑니다. 표현 방식보다는 정보나 사실 자체가 정확한지, 객관성을 유지하고 있는지에 초점이 맞춥니다.

반면 감정 이입을 통해 눈물샘을 자극하는 글은

출발부터 조금 다릅니다. 이런 글은 저자의 경험과 생각에 공감하기를 기대합니다. 에세이 같은 장르가 대표적인데, 무엇보다 '진정성'이라는 단어가 떠오릅니다.

감정을 최대한 솔직하게 표현해 최대한 먼 곳까지 독자를 데려가서는 갑자기 불을 꺼 버린다고 할까요. 그러고는 갑자기 질문을 던집니다. "네 마음 안에는 뭐가 있어?"라고.

모든 글을 잘 쓰면 좋겠지만, 쉽지 않습니다. 그보다는 상황에 맞추어 글의 목적과 방향, 독자를 생각하면서 글을 쓰면 조금 나을 것입니다.

글을 쓰기 전에 어떤 글을 쓸 것인지, 전달하려는 메시지가 무엇인지, 글에 적합한 스타일이 무엇인지 구상하는 시간을 가지는 것도 좋습니다. 최선을 다해 글을 쓰는 것도 중요하지만, 사실을 나열한 글은 공감을 끌어내기 어렵고, 감정적인 글로는 관점의 변화를 유도하기 어렵습니다.

글을 쓴 다음에 고쳐도 무방하지만, 글을 쓰기 전에 미리 준비하면 시간을 절약할 수 있을 뿐 아니라 더 풍성한 글을 완성할 수 있습니다.

평생 배워야 할 것 같아요

"역시 감각적인 글이 좋은 글이지."

사실 말은 이렇게 하지만 '감각적'이라는 표현만큼 애매한 게 없는 것 같습니다. 왜냐하면 누가 저에게 '어떤 글이 감각적인 글이에요?'라고 물으면 '이거예요'라고 말하는 게 쉽지 않거든요. 굉장히 추상적이고 두루뭉술하게 느껴질 수 있는 단어를 잔뜩 펼쳐 놓고, 이렇게 저렇게 끼워 맞추는 기분이 들거든요. 그렇지만 매번 피할 수도 없고, 오늘은 그 물음의 답을 찾아 볼까 합니다.

감각적이라고 하니, 다른 것보다 '상상력'이라는 단어가 떠오릅니다. 상상력은 마법의 영역 같습니다. 타임머신을 타고 현재의 공간이 아닌 새로운 공간, 책 속으로 이동한 느낌을 연출합니다. 그렇다고 공간만 바뀌는 게 아닙니다.

늦은 오후 햇살이 가득한 현장의 생동감을 직접 경험하거나 냄새를 맡거나 입을 벌리고 서 있는 기분이 들면서 시각, 촉각, 후각, 청각, 미각에 움직임이 생깁니다. 그러고는 이내 더 큰 호기심이 생겨납니다. 물러나야 하나, 더 적극적으로 달려들어야 하나 고민하게 됩니다. 저는 이 지점, 그러니까 독자가 달려들어 문제를 해결하고 싶거나 주인공의 삶에 끼어들고 싶어지는 지점을 '상상력의 클라이맥스'라고 정의합니다. 굉장히 감각적으로 다가오면서 저자의 의도가 적중했음을 발견할 수 있습니다.

'나도 글을 쓰고 싶어'라는 마음을 부추기는 글이 있다고 가정해 보겠습니다. 글을 쓰면서 느꼈던 미세한 감각의 변화는 물론, 세포 하나하나의 반응까지 놓치지 않으려고 세심하게 표현되어 있을 것입니다. 글을 써 내려가는 모습을 연출해야 한다면, 마음을 열어젖히고 싶은 충동에 사로잡히도록 열정적이고 진취적인 단어를 활용할 것입니다. 그래서 지금 당장 글을 쓰고 싶은, 글을 쓰지 않으면 큰일 날 것 같은 분위기를 만들어 낼 것입니다.

왜냐하면 그 지점으로 독자를 데려가는 게 목표일 테니까요. 만약 감각적인 글에 대해 고민하고 있다면 이 질문을 가장 먼저 던져 보면 좋을 것 같습니다.

"독자를 어디로 데려가고 싶은 걸까?"

친숙한 것과
익숙한 것은 달라요

늘 운동화에 점퍼 차림으로 다니던 사람이 정장에 구두를 신고 나타나거나 혹은 빨간 모자를 쓰고 등산 가방을 메고 있으면 저절로 시선이 돌아갑니다. 괜히 말을 걸고 싶어지거나, 어떤 이유로 그런 모습을 하고 있는지 궁금해집니다.

이처럼 새로운 시도는 새로운 상황을 연출하고, 새로운 경험을 만듭니다. 그래서 비슷한 형식의 글을 꾸준히 연습하는 것도 좋지만 때로는 낯설고 새로운 시도가 필요합니다. 새로운 방식의 글을 쓰고 싶은 분들에게 의식의 흐름대로, 조건이나 제약 없이 글을 써 보라고 얘기하고 싶습니다. 머릿속으로 정리된 서열을 무시한 채, 가치를 따지거나 옳고 그름의 문제가 아니라 안전을 보장받은 사람처럼 생각이나 아이디어를 마구 쏟아 보는 것입니다.

그게 아니면 반항아가 된 것처럼 '꼭 그래야만 하는가?'를 화두로 삼아 평소와 다른 방향에서 그 사실을 증명하는 글을 써 보는 것도 좋습니다. 혹은 그동안 친절함을 무기로 당위성을 언급하던 일에 미적지근하게 행동하고, 아니면 자리를 박차고 일어나도 괜찮다는 식으로 전개해 보는 것도 좋습니다. 반항 아닌 반항처럼 느껴질 테니까요.

그런 방식으로 연습하다 보면 난간 끝에 매달린 기분이 들면서 한편으로는 양손잡이가 된 기분이 느껴질 것입니다.

조금 더 쉽게 접근하고 싶다면, 바깥 풍경도 좋고 사진 하나도 좋고 그림이나 이미지를 소재로 삼아 눈에 들어오는 것을 모조리 글로 옮겨 보세요. 마치 조물주가 되어 그 대상이 어떤 이유로, 어떤 과정을 거쳐 탄생했는지 모두 알고 있는 것처럼 적어 보는 거예요. 그렇게 한참 글을 쓰다 보면 훌륭하고 멋진 생각을 언어로 정리한 게 아니라 언어가 종이 위에서 자유롭게 유영하는 풍경을 목격하게 됩니다.

음악이나 영화에 대해서도 마치 신이 된 듯 모든 생각과 행동의 원인을 정리해 보는 것도 좋은 방법입니다. 그러면 어떤 생각이 다음 생각을 이끌고, 어떤 감정이 다음 감정을 끌어내는지 한눈에 들어오면서 문제를 해결하는 새로운 접근 방식을 배우게 될 것입니다.

친숙한 것과 익숙한 것은 다릅니다.

글쓰기, 반복도 필요하지만
새로움도 필요합니다.

창작의 고통을
피할 방법은 없는 것 같아요

창작이 기쁨의 대상이 아니라 고통의 근원이라는 사실만큼 글쟁이에게 큰 슬픔은 없습니다. 평생 승리의 기쁨을 맛보지 못하는 건 아닐까 걱정하면서도 종이를 펼쳐 한 페이지, 한 줄이라도 쓰는 것이 진짜 글쟁이라고 믿는데도 말입니다. 숱한 날을 그 안에서 허둥거렸습니다.

그래서 아주 가끔은 저도 헷갈립니다. 성실한 것인지, 무모한 것인지.

비슷한 경험을 하신 분들이 제법 있을 것 같습니다. 글을 쓰다 보면 '글'을 잃게 되는 경우가 생깁니다. 하고 싶은 말이 많은데, 표현하고 싶은 무언가가 있는데, 마땅한 단어가 떠오르지 않으면서 가능성마저 사라진 기분이 들 때가 있습니다. 지금 이 순간 그곳에 머물고 있는 분도 있고, 방금 빠져나온 분도 있을 것 같습니다.

여러 가지 이유가 있겠지만, 저는 특히 제 안에서 작게라도 충돌이 일어나면 진도가 나가지 않았습니다. 화두를 던지고 나름의 답을 찾아내면 만족하는 사람인데, 날카로움이 느껴지지 않는 두루뭉술한 상태가 지속되면 답답함을 느낍니다. 답답함이 아니라 거의 고통 수준인데요.

그야말로 창작의 고통을 마주합니다.

그나마 고통은 좀 낫다고 생각합니다. '평생 이 수준에 머무르다가, 이렇게 헤매다가 끝나는 거 아니야?'라는 말이 슬그머니 뿌리를 내리기 시작하면 그때부터는 걷잡을 수 없는 좌절감을 경험합니다. 짐을 싸서 어디론가 훌쩍 떠나야 하는 건 아닐까, 공간을 바꿔야 하는 건 아닐까 맥락 없는 결론을 향해 마음이 달려 나갑니다. 그러면서 불확실성에 대한 불안감이 최고 수준에 달하며 우울감을 안겨 줍니다.

하지만 불행 중 다행이라고 해야 할까요. 그런 상황을 거의 매일, 최소한 하루걸러 한 번씩 만남을 지속하다 보니 무뎌진 느낌입니다. 아니 익숙해졌다는 게 정확할 것 같습니다. 그러면서 창작의 고통을 바라보는 시각에도 변화가 생겼습니다.

'글을 잘 쓰고 싶다는 마음을 버리지 않는 한, 창작의 고통은 피할 수 없겠구나.'

고통, 좌절, 우울 같은 창작의 아픔을 만날 때마다 저 말을 되새깁니다. 어떤 일을 하든 막히는 순간이 생기고, 해결 방법이 떠오르지 않아 고민스러울 때가 있음을 기억합니다. 그러면서 걱정과 염려, 불안으로 가득한 말을 머리 위에 쏟아붓는 게 아니라 창작의 아픔을 마주한 지금 무엇을 해야 하는지 그 생각에만 집중하려고 노력합니다.

살다 보면 비를 피할 수 있는 날도 있지만, 내리는 비를 온몸으로 맞아야 하는 날도 있으니까요.

나무가 숲이 되는 길

글쓰기와 책 만들기는 완전히 다른 길을 걸어가는 것처럼 보일 수 있습니다. 글쓰기는 침묵의 시간 속에서 깊은 바다를 조심스럽게 건너는 모습이라면, 책을 만드는 것은 굉장히 동적인 느낌이 강합니다. 생생한 움직임이 살아있는 삶의 현장에 짙은 발자국을 남기는 모습입니다. 하지만 조금 멀리서 바라보면, 끝내 모두 같은 목적지를 향하고 있음을 발견합니다.

글쓰기는 깊이를 탐구하는 여정입니다.

깊은 바닷속을 탐험하듯, 자신의 고민과 걱정, 희망과 두려움을 발견하여 섬세한 단어로 한 줄 한 줄 글로 옮겨냅니다. 단순히 '쓰는 행위'가 아니라 자신의 경험과 감정, 생각을 깊게 '탐색'하는 과정입니다. 그러니까 거울 앞에 서서 스스로 물끄러미 바라보며 '내면의 나'를 만나는 시간, 이것이 글쓰기의 진정한 가치입니다.

책 만들기는 이러한 글쓰기의 여정을 하나로 모으고 완성하는 행위입니다. 넓이를 탐구하는 여정입니다. 타임캡슐에 소중한 기억을 보관하듯, 모으고, 다듬고, 연결하여 완성한 이야기를 하나씩 하나씩 담아내는 일입니다.

저에게는 이런 과정이 글쓰기와 책 만들기가 다른 출발점에서 시작했지만, 궁극적으로는 통합과 성장, 자기완성을 향해 나아가는 것으로 보입니다.

글이 사람을 만들고, 때로는 사람이 글을 만듭니다. 글은 그 사람의 생각이며, 세계관이 담겨 있습니다. 그래서 글이 곧 '그 사람'이고, 그 사람이 곧 '그의 책'입니다. 오늘도 저는 그 길 위에 서 있습니다. 저의 글을 쓰고, 저의 책을 만들고, 누군가에게 글을 쓰게 하고, 그 글을 책으로 만들고 있습니다.

글쓰기를 통해 삶을 구체화하고, 책을 만들어 세계에 공유하고, 새로운 세계를 창조하는 데 기여한다는 마음으로 살아가고 있습니다.

몇 번째 지구여행인지 모르겠지만, 글을 쓰고
책을 만드는 일이 저는 참 좋습니다.

결국 내 인생입니다

2023년 일 년 동안 블로그와 브런치에 소개된 글 중에서 일부를 다듬어 정리했습니다.

잘 보이고 싶은 마음에 시작한 것, 먹고 사는 일에 직접 관여한 것, 저를 보호하기 위해 들여다본 것, 혹은 머릿속에만 남아 있는 것까지. 거의 매일 들여다보았다고 해도 과언이 아닙니다.

그 시간이 있었기에 긴장감을 덜어낼 수 있었고, 주도적인 결정을 할 수 있었으며, 정서적 안정감을 경험했습니다. 정말 모든 것이 조금씩 좋아졌고, 제가 글쓰기에 '진심'이라는 사실도 새삼 확인했습니다.

글쟁이로 살아갑니다

보이는 것과 살아가는 것, 무엇이 다를까요? 저에게는 주체가 다르다는 게 가장 크게 다가옵니다. 보이는 것은 누군가에게 권한을 넘긴 느낌이 드는 반면, 살아가는 것은 외적 요소보다는 내적 요소가 더 큰 영향력을 발휘합니다.

저는 글쟁이로 살아온 덕분에, 새로운 방식의 글을 쓰고 싶다는 욕심을 버리지 않았기에, 결과적으로 '시도하는 사람'이 될 수 있었습니다.

전혀 예상하지 못한 상황을 마주하고, 실패에 가까운 결과를 만나기도 했지만, 끝내 천진난만함을 제 곁으로 끌어올 수 있었습니다.

창의성을 가장 잘 실현한다는 어린아이의 그 천진
난만함 말입니다. 그 마음을 유지한 채, 이 순간에
도 어디선가 저는 자판을 두드리고 있습니다. 적
어도 제가 제 앞을 가로막는 일은 하지 않겠다
고 다짐하면서 말입니다.

저에게 글을 쓴다는 것은 단순한 '쓰기'가 아닙
니다. 저를 탐구하고, 제 생각과 감정을 탐구하
고, 일상의 조각을 탐구하고, 인생이라는 퍼즐
을 탐구하는 시간입니다.

나아가 책은 그런 탐구 활동의 결과 보고서입
니다. 일 년 치의 탐구 활동, 일 년 치의 경험을
통합하는 과정 같은 것입니다.

이것이 지금까지 책을 꾸준히 출간할 수 있었던 이유이고, 앞으로도 책을 완성해 나갈 수 있을 거라 믿는 이유입니다.

이제 여러분 차례입니다

결과를 위해서가 아니라 결과가 곧 과정인 방향에 서 있기를 희망합니다.

보이는 것이 아니라 살아 내는 과정을 위한 선택을 해 나가면 좋겠습니다. 누군가에게 권한을 넘긴 기분이 아니라 내적 요소가 더 큰 영향력을 발휘한다는 느낌으로 살아가면 좋겠습니다.

한꺼번에 좋아지지 않더라도, 힘든 것 또는 어려운 것을 억지로 이어 나간다는 생각보다 매일 조금씩 나아지는 일에 관여하고 있다는 믿음으로 말입니다. 왜냐고요?

내 인생이니까요.

다른 누군가를 위한 인생이 아니라.

인생을 마라톤에 비유하는 것은

단순히 42.195km라는 길이의 측면이 아니라,

수많은 1km를 채워나가는 과정과

의미에 대한 평가이다.

· 윤슬 『의미 있는 일상』·

이야기가 시작되는 곳

초판 1쇄 발행 2024년 3월 5일

지은이 윤슬

펴낸곳 담다
펴낸이 김수영
등록번호 제25100-2018-2호
등록일자 2018년 1월 5일
주소 대구광역시 달서구 조암로 38, 2층
전화 070.7520.2645
이메일 damdanuri@naver.com

ⓒ 윤슬, 2024
ISBN 979-11-89784-41-6 (03810)

생각을 담다 마음을 담다 **도서출판 담다**